闇夜の決闘

人撃ち稼業㊂

井原忠政

時代小説文庫

角川春樹事務所

序章　伊勢守《いせのかみ》の墓

今宵は二日月《ふつかづき》である。糸のように細い月は、夕方早々《はやばや》と西の山並みに沈んだ。現在、江戸の町は闇《やみ》の中に静まっている。

ゴ――――ン。

九つ（午前零時頃《ごろ》）を少しまわり、ほんのすぐ傍《そば》で本所横堀《ほんじよよこぼり》の時鐘《ときのかね》が殷々《いんいん》と鳴り始めた丁度そのころ――

ザック、ザック、ザック。

ここは本所のとある寺の墓地。数名の人影が寺紋が描かれた提灯《ちようちん》の灯《あか》りに浮かび上がっている。九日前に急死した御三卿田安家《ごさんきようたやす》家老職、久世伊勢守《くぜいせのかみ》の墓を暴いているのだ。

ボクッ。

「よしゃ、棺桶《かんおけ》だ」

鋤《すき》の先端が、木製の蓋《ふた》に当たったようだ。

江戸南町奉行所定町廻方同心《じょうまちまわりかたどうしん》の本多圭吾《ほんだけいご》と岡《おか》っ引《ぴ》きの助松《すけまつ》は、嫌がる寺男たちを宥《なだ》め賺《すか》して座棺《ざかん》にうずくまる伊勢守の遺体を引きずり出させた。

天保《てんぽう》十二年（一八四一）四月の二日は、新暦に直せば五月二十二日で、もう大分暖かい。遺体は相当傷んでおり、周囲には異臭がたちこめた。ただ、圭吾も助松も寺男たちも、仕事がら腐乱死体には慣れがある。寺男たちの気が進まないのは、なにも崩れかけた遺体が不気味だからではない。町奉行所の御用として墓を暴くなら、昼間に堂々とやってもいいはずだ。それをこんな夜中に、人目を忍んで作業するからには非正規の、あるいは非合法な捜査なのではないか——そんな疑念を抱いているのだ。

（そう大っぴらにはできねェ事情があるから、ま、仕方ねェ）

寺男たちの不審を察した圭吾が、心中で苦々しく呟《つぶや》いた。

（なにせ新しいお奉行様は、「あまり嗅《か》ぎまわるな」と、俺《おれ》に枷《かせ》をはめてきやがった。やり難《にく》いわなァ）

伊勢守急死の二日後、南町奉行矢部定謙《やべさだのり》は突如罷免され、老中水野忠邦《みずのただくに》の側近でもある鳥居耀蔵《とりいようぞう》が新奉行として就任したのだ。その鳥居こそが、現在の圭吾の上役である。また、そもそも、伊勢守は禄高三千石の旗本だ。幾ら検視のためとはいえ、その墓を暴くなど、町奉行所同心風情に許される捜査ではない。

「おい、龕灯《がんどう》でホトケの面を照らせ」

　圭吾が、寺男の一人に命じた。龕灯――ま、往時の懐中電灯である。

　遺体は相当傷んでいたが、かろうじて検視はできそうだ。圭吾は軽くホトケに合掌した後、作業に取り掛かった。横たわった伊勢守の軀《むくろ》に覆《おお》いかぶさり、迷うことなく閉じられた口を指でこじ開けたのだ。

「こりゃ、たまらんなァ」

　さすがの助松も腐敗臭《ふはいしゅう》に閉口し、顔の前の空気を手で払った。

「思った通りだ。親分、見て見ろよ」

「どれどれ」

　助松が身を屈《かが》め、龕灯に照らされた軀の口の中を覗《のぞ》き込んだ。

「あ、確かに……喉《のど》の奥に弾《たま》が入ったような痕《あと》がありますねェ。でも、随分と小さな穴だなァ」

「一匁弾《いちもんめだま》か、塵弾《ちりだま》（散弾）みたいなものを使ったんだろうよ。なにせ口の中に弾を撃ち込むんだ。幾ら小さくても命ぐらいは奪える。腑分《ふわ》けしてみれば、頭部から豆粒みてェな鉛弾が出てくるはずさ」

「ふ、腑分けまでするんですかい」

岡っ引きが嫌そうに天を仰いだ。

「そらするよ。確かな証《あかし》がなきゃ、単なる同心の仮説《よまいごと》だァ」

「ですよねェ」

助松が、この先の面倒事を思って嘆息を漏らした。

闇夜の決闘

人撃ち稼業 二

主な登場人物

玄蔵《げんぞう》　丹沢《たんざわ》の猟師。熊や猪《いのしし》を一発で倒す鉄砲《てっぽう》名人。

希和《きわ》　玄蔵の妻。平戸《ひらど》出身で元は廻船問屋《かいせんどいや》平戸屋の女中。

是枝良庵《これえだりょうあん》　少壮の蘭学者。多羅尾の知恵袋。

千波開源《せんばかいげん》　巨漢の似顔絵師。絵筆の腕は折り紙つき。

平戸屋佐久衛門《ひらどやさくえもん》　外神田の廻船問屋の主人。銃器の調達人。希和の元雇《やと》い主。

多羅尾官兵衛《たらおかんべえ》　御公儀徒目付《ごこうぎかちめつけ》。鳥居耀蔵配下。

鳥居耀蔵《とりいようぞう》　南町奉行《みなみまちぶぎょう》。筆頭老中水野忠邦《みずのただくに》の腹心。

千代《ちよ》　江戸での玄蔵の身の回りの世話役。

目次

序章　伊勢守《いせのかみ》の墓　3
第一章　猟師玄蔵《りょうしげんぞう》　11
第二章　武州御嶽奥ノ院《ぶしゅうみたけおくのいん》——男具那社《おぐなしゃ》　77
第三章　敵の敵は味方　136
第四章　大襲撃　181
終章　猟師という生業《なりわい》　256

第一章　猟師玄蔵《りょうしげんぞう》

一

不運な寺男たちは、遺体を晒布《さらしぬの》にくるんで大八車《だいはちぐるま》に乗せ、腑分《ふわ》けを承諾してくれた深川《ふかがわ》の蘭方医《らんぽうい》の屋敷まで運ばされた。八丁堀《はっちょうぼり》の旦那《だんな》の命令だし、おっかない岡《おか》っ引《び》きも睨《にら》んでいる。それに住職が「手を貸してやれ」とやけに協力的なのだ。寺男たちとしては、黙ってやるしかない。

大八車について歩きながら、助松が圭吾に小声で囁《ささや》いた。

「あの寺の和尚《おしょう》は、なんであんなに協力的だったんですかね」

「それはな……」

と、少し考えてから圭吾も小声で囁き返した。

「二年ほど前、和尚は外神田《そとかんだ》に住む後家と割りない仲になったのさ」

「女犯《にょぼん》ですな」

江戸期、僧侶《そうりよ》が女性と性的関係を結ぶことは戒律で禁じられていた。この禁を犯すと寺社奉行《じしやぶぎよう》が動き出す。寺持ちの僧侶の場合は遠島《えんとう》、その他は公道で晒《さら》された上に軟禁され、多くは破門となった。ただ、これでも軽い方で、八代将軍吉宗《よしむね》が改訂させるまでは問答無用で死罪だったのだ。女犯、恐るべし。

「俺《おれ》ァ以前から和尚をよく知っててさ。根は真面目《まじめ》な坊さんなんだ。そこで一回こっきり、見ないことにしてやった」

「あ、旦那、さてはそのことで和尚を脅しましたね」

「よせやい、人聞きの悪い」

暗い中だが、圭吾が岡っ引きを睨みつけた。

「頼んだだけだよ」

弱味を握られた町方同心からの頼み——ほとんど脅しであろう。

「あともう一つだけ伺わせて下せェ」

助松が指を一本立てて見せた。

「最前墓地で、旦那は迷うことなくホトケの口の中をお調べになりましたよね。あれは、なんぞ確信でもあったんですかい？」

「さすがに確信まではなかったさ」

　圭吾が照れて、月代《さかやき》の辺りを指で掻《か》いた。

「とんでもねェ鉄砲撃ちが江戸の町をうろついてる、ってのが頭にあったからなァ」

「例の鈴《すず》ヶ森《もり》の一件ですね」

　今年の閏《うるう》一月二十日、鈴ヶ森の刑場で、磔刑《たっけい》に処された子供の頭を一町半（約百六十四メートル）彼方《かなた》から撃ち抜いた奴《やつ》がいる。その場に居合わせた圭吾は、以来この化け物級の鉄砲名人の消息を追っている。

「口、鼻の穴、耳の穴に弾《たま》を撃ち込めば、案外血は流れ出ずに『卒中に見せかけて殺しができるんじゃねェか』と見当を立てたのさ」

「ほうほう」

「口、鼻、耳の中じゃ、口が一番狙《ねら》い易《やす》かろうと、まずは口の中を検《あらた》めたわけよ」

「旦那は、二つの山の下手人が、同じ野郎だとお考えで？」

「そらそうだろ。こんな腕前の鉄砲撃ち、そうそういるもんか」

　圭吾は助松の手下を使い、江戸の近郊で鉄砲名人と称される猟師を幾人か調べさせた。結果、条件に合う男として浮上したのが「丹沢《たんざわ》の玄蔵《げんぞう》」である。

　圭吾の捜査官としての第六感は「丹沢の玄蔵こそが、二つの事件の下手人で相違ない」と告げていた。しかし、玄蔵は、家族もろとも丹沢の家から忽然《こつぜん》と姿を消しており、今も行方《ゆくえ》が知れない。

「放《ほ》っとけば、第三の狙撃《そげき》もあるぞ。なんとかしなきゃ」

圭吾が小声で呟《つぶや》いた。

大八車は二之橋《にのはし》で竪川《たてかわ》を渡り、本所から深川へと入った。

腑分けを担当した蘭方医は、伊勢守の頸《くび》から径三分《けいさんぶ》（約九ミリ）ほどの変形した鉛弾を摘出した。口から入った弾は前歯の先を折り、喉奥《のどおく》を突き破り、首の太い血の管（頸動脈《けいどうみゃく》）を破って、首筋側の筋肉の中で止まっていたらしい。おそらくは「即死であったろう」と若い蘭方医は推定した。

（ほら見ろ。俺の見立ての通りだ）

と、圭吾は内心で快哉《かいさい》を叫んでいた。

蘭方医は人の首の絵を描《か》き、丁寧に説明してくれた。弾はやや上方から、下方に向けて撃ち込まれたようだ。

「撃ち下ろしたと言っても、そう急角度ではありません」

蘭方医が図を示して言った。

「たとえば、二階から？」

圭吾が訊《き》いた。

「そこまで高い場所からではないと思います。中二階ぐらいから撃ったのかなァ」

「でも、ホトケは騎乗していたんですよ」

「ああ、なるほど……ならば二階から撃ったということもありえます。辻褄《つじつま》は合うと思います」

「ホトケの死因は、確かにこの鉛弾ですね？」

「拙者に言えるのは、この鉛弾が口から入り、首を通る太い血の管を破った。それだけです」

「十分ですよ。先生、かたじけない」

九日前の三月二十三日、登城の途中で意識を失い、馬から落ち、そのまま逝った久世伊勢守の死因は卒中死などに非《あら》ず。口腔《こうこう》内に銃弾を撃ち込まれて「殺されたもの」とほぼ断定された。

「でも旦那」

東方の屋並みから朝陽《あさひ》が上り始めたころ、寺男たちが伊勢守の遺体を墓穴に埋め戻すのを少し離れて見守りながら、助松が質《ただ》した。

「馬に乗って動いてる人の口の中に弾を入れるって……そんな、狙って撃ち込めるもんですかねェ」

「一町半離れて、子供の頭を撃ち抜けるほどの鉄砲名人なら容易《たやす》いだろうさ」

「じゃ、音は？　街中で鉄砲を撃ったら、ドーンと盛大な音がするでしょう」

「弾弓《だんきゅう》を使ったのかも知れねェ」

「なんです、それ？」

弾弓――矢ではなく、小石を飛ばすよう工夫された短い弓。ま、パチンコである。

「鈴ケ森では、おそらく長射程の狭間《はざま》筒《づつ》が使われた。狭間筒なんぞ俺だって見たことも聞いたこともねェ。この鉄砲野郎は、変わった得物を使いたがるんだよなァ」

「大筒《おおづつ》なんぞ持ち出さなきゃいいけど」

「ねェこたァねェぞ……なんでもアリだ。妙な事件さ」

ただ、丹沢の玄蔵を捜すにしても、顔が分からなければ埒《らち》が明かない。助松の手下に捜させるにせよ、高札《こうさつ》に手《て》配書《はいしょ》を張り出すにせよ、人相書《にんそうがき》が必要だ。

圭吾は助松を、丹沢へ派遣することに決めた。

「で、丹沢でなにをします？」

助松が、刃《は》物傷《ものきず》だらけの怖い顔を寄せてきた。元は千住《せんじゅ》の博徒で、破落戸《ごろつき》暮らしの間に刻まれた古傷だ。

「玄蔵の似顔絵を作りたい」

人捜しなら、まずは似顔絵であろう。

「でも、野郎の面ァ分からないんでしょ？」

「そこは俺に任せとけ。いい宛《あ》てがあんだよォ」

圭吾は助松に、千波開源《せんばかいげん》と名乗る似顔絵師を捜せと命じた。

「似顔絵師で、名は千波開源……他に特徴は？」

「遠くからでもよく目立つ野郎でな。なにしろ図体がでかい。六尺（約百八十センチ）ほどもある」

この時代の男性は小柄で、平均の身の丈は五尺二寸（約百五十六センチ）ほどであったから、六尺あれば、まさに巨人と言えた。ちなみに女性は、四尺八寸（約百四十四センチ）ほどで、こちらも小柄。

「こいつは、とんでもねェ天分に恵まれてなァ。描こうとする相手の、年齢風体人柄なんぞを聞くだけで、なんとなく描けちまうそうなんだわ」

「描けるって、見たこともねェ野郎の面《つら》を描けるんですかい？」

「そうそう」

「大丈夫ですかい？」

　不審そうに目を剝《む》いた。

「だからさ、幾枚か描かせてみて、その中で一番似てる一枚を、知り合いの奴に選ばせりゃいいんだよォ」

「あ、そうか……開源を丹沢に連れて行き、猟師玄蔵の知り合いから話を聞けば、自然と似顔絵ができるって寸法ですね？」

「そうそうそう」

「で、開源は今どこに？」

「多分、江戸だ」

「江戸のどこ？」

「そこは……親分、あんたが捜しだすんだよォ」

「な、なるほど」

「大体、話がちと出来すぎだとは思わねェかい？」

　異常な腕前の狙撃者が江戸の町を徘徊《はいかい》し、狙撃現場には巨大な足跡が残されていた。さらに、猟師と家族は失踪《しっそう》し、行方をくらませている。

「まだあるぞ」

圭吾の捜査を支持していた南町奉行は、老中水野忠邦と敵対する田安家家老が謀殺された二日後に解任された。後任には水野派の鳥居耀蔵が南町奉行職についた。そして、新任の鳥居は圭吾に、「猟師を捜すのは止《や》めろ」と命じたのだ。

圭吾の頭の中では、鈴ヶ森での狙撃、旗本狙撃、猟師一家の失踪、引いては矢部奉行の失脚と鳥居奉行が圭吾の捜査に掣肘《せいちゅう》を加えてきたこと——これらのすべてが一本の線で繋《つな》がっている。

「これがもし、全部偶然の一致だっていうならよォ、俺ァ、定町廻方同心を廃業するねェ」

「ただ、旦那……鉄砲野郎を捜すのはいいとして。御老中とか田安様とかが絡んでくると、これはお支配違《しはいちが》いでしょうに」

「まあな。でもお叱《しか》りを受けるのは俺だから、親分は心配しないでいいよ」

「お叱りぐらいで済めばいいけど……最後には口封じとかされますよ」

「確かにな……はいはい、分かったよ」

圭吾が興醒めしたような顔で言った。

「今後、この山は俺一人でやる。親分は手を退《ひ》いてくれてかまわねェ」

そう言われた助松が舌打ちをした。

「狡《ずる》いや、俺の性分を知ってて言ってら……そう言われて、はいはいと退くわけにはいかんでしょう」

「なら、手伝ってくれ。感謝するからさ」

と、爽《さわ》やかな笑顔で助松の肩をポンと叩《たた》いた。

「ああ、参ったなァ。やばい旦那に付いちまったぜェ」

助松の半泣き顔が、朝陽に照らされていた。

二

渋谷《しぶや》の松濤《しょうとう》にある広大な武家屋敷、清水《しみず》が湧《わ》き出す池の畔《ほとり》に、その瀟洒《しょうしゃ》な隠居屋《いんきょや》は立っていた。鬱蒼《うっそう》とした木々に囲まれた様は、粋人《すいじん》が営む山中の庵《いおり》を思わせる。板の間には大きな囲炉裏《いろり》が切ってあり、多羅尾官兵衛《たらおかんべえ》以下の面々が集っていた。玄蔵一人が一同から離れ、池を見下ろす濡《ぬ》れ縁《えん》にうずくまり、背を丸め、呆《ほう》けたように水面《みなも》を見つめている。

「まるで、廃人《はいじん》だな」

両の蟀谷《こめかみ》に面擦《めんず》れの痕《あと》が目立つ多羅尾が、顎《あご》で玄蔵をしゃくった。

「どうなのだ千代《ちよ》、玄蔵の具合は？」

太く頑丈そうな指で、己《おの》が袴《はかま》の太腿《ふともも》辺りを苛々《いらいら》と叩いている。よほど機嫌が悪いらしい。

無地にも見える鼠《ねず》の江戸小紋《えどこもん》に、濃い臙脂《えんじ》の帯を締め、襟元《えりもと》からは朱《しゅ》の色半襟《いろはんえり》を覗《のぞ》かせた千代は、火箸《ひばし》で囲炉裏の灰を突《つつ》いていたが、うつむいたまま、わずかに首を横に振った。

「もうあれから二日が経《た》つ。お前が付いていながら、どうにかならんのか。職務懈怠《しょくむけたい》ではないのか？」

火箸で灰を突く手が止まり、千代は顔を上げ、刺すような目で多羅尾を睨んだ。

「なんだ、その目は？」

負けずに多羅尾も睨み返し、しばし双方が火花を散らせたが、やがて千代の方が折れた。

「申しわけございません」

と、慇懃《いんぎん》に頭を下げた。囲炉裏端の空気がだらっと淀《よど》んだ。

「ね、多羅尾様よォ」

大男の絵師、千波開源が多羅尾の短気を窘《たしな》めた。

「苛つく気持ちは、分かるけどよォ。仲間に八つ当たりすんのは、止めたらどうだい。

みっともねェぜ」

「ふん」

と、鼻で笑った多羅尾は、瞑目《めいもく》し腕を組んだ。

この後しばらく、一同に空疎な沈黙が流れた。

「ま、なったものは、仕方ないのでござるよ」

ぬめりとした優男《やさおとこ》、まるで役者か陰間《かげま》のような是枝良庵《これえだりようあん》が話を継いだ。この元長崎通詞《つうじ》はいつも総髪《そうはつ》で、大仰《おおぎよう》に紋付き袴を着用している。多羅尾組の軍師役、乃至《ないし》は知恵袋だ。

一昨日の霊岸島《れいがんじま》、玄蔵が標的である南町の同心を狙撃しようとしたとき、腕が震えて狙いがつけられなくなったのは紛れもない事実だ。原因不明。またいつ症状が出ないとも限らない。

この「震えが出る恐れ」があるかぎり、玄蔵は狙撃手として使えない。狙撃などというものは、通りすがりに撃って終わるものではなく、周到な下調べと準備を重ねた末にドンと撃つべきものなのだ。最後の最後に、肝心の射手が「撃てなかった」では済まされない。準備がすべて無駄になる。

この分では、玄蔵に「悪人十名を狙撃させる」との鳥居耀蔵と多羅尾官兵衛の計画も頓挫《とんざ》せざるを得ない。十日前、改革派の老中水野忠邦と敵対する巨悪の田安家家老職を狙撃したところまでは順調だったのだ。

悪人、巨悪——ま、なにが悪やら正義やら、判《わか》り難《にく》い世の中ではあるが。

「手の震えぐらい大したことはあるまい。一過性のものではないのか？」

「さあ、どうでござろうなァ」

と、良庵が玄蔵の背中を見た。その背中はちんまりと小さく丸まって見えた。

誰《だれ》の目にも明らかなことは、玄蔵が今「大層疲れている」ということだ。そのやつれ具合や虚《うつ》ろな表情を見る限りにおいて、「まだまだ回復していない」と思うのが自然であった。

「一度、試してみては？」

「それはいいな」

千代の提案に、早速多羅尾が食いついた。

「鉄砲で人を狙わせてみるんだ。なにも実際には撃たんでいい。また震えが出るのか、出ないのか、確かめるだけだ」

「成程、やってみるでござるか？」

良庵が賛同しかけたその刹那《せつな》——

「嫌だね」

玄蔵が背中を向けたままボソリと呟いた。久し振りに聞く玄蔵の言葉、一同が彼の背中に注目した。

「無理だ。今は、鉄砲には触りたくもねェ」

「戯《たわ》け、我儘《わがまま》を申すな！」

と、多羅尾が一喝したが、玄蔵が我儘を言っているとは、多羅尾を含めて実は誰も思っていない。鉄砲の腕一つで生きてきた男が、その鉄砲を撃てなくなったのだから、衝撃の大きさは想像を超えているはずだ。

「鳥居様は、なんと仰《おつしや》っておられるのでござるか？」

良庵が話の向きを変えようと、多羅尾に質した。鳥居耀蔵は水野忠邦の最側近で、幕府目付職から先日、南町奉行職に就いたばかりだ。配下の幕府徒目付、多羅尾に政敵の謀殺を命じている。言わば「多羅尾組の元締め」だ。

「まずは治療だと、治療を優先させろと」

「どのような治療にござるか？」

「さあな。そこはワシに任せるだとよ」

要は、鳥居にも妙案などはないのだろう。現場に丸投げである。

多羅尾は少し前屈《まえかが》みになり、一同を見回した。

「で、どうする、なんぞ良い策はないか？」

「広い意味では気鬱《きうつ》の病《やまい》でござろうから、まずは投薬でござろう」

医学の知識も豊富な良庵が提案した。

「たとえば、どんな薬を飲ませる？」

「半夏厚朴湯《はんげこうぼくとう》、加味逍遥散《かみしょうようさん》、柴胡加竜骨牡蠣《さいこかりゅうこつぼれい》……」

「もういいよ。薬の名は後でいい」

難解な薬名に閉口して、多羅尾が手を振った。

「心を和ませたいなら、家族と一緒に過ごさせては如何《いかが》？」

千代が小声で提案した。

濡れ縁で池の水面を見つめる玄蔵の肩がピクリと動いた。玄蔵の家族は、事実上の人質として軟禁されている。軟禁場所は隣の屋敷だ。玄蔵は一度だけ、同情した千代の手引きにより、家族に会わせて貰《もら》ったことがある。

「それは駄目だ。鳥居様のお許しが出ん」

「然様《さよう》ですか……」

千代は静かに頷《うなず》き、そのままうつむいてしまった。

「気鬱ならよォ、あの、まずは転地ってのが相場だろうよ。温泉にでも浸《つ》かって、ゆっくり休めば、気も晴れるわ」

「とりあえずは、そこでござろうな」

穏当な開源の提案に、良庵が賛成した。

「湯治《とうじ》ということか？」

多羅尾が腕組みをしたまま開源に質した。

「湯治に限らず」

開源を制して良庵が多羅尾に答えた。

「野山を歩き回れば心は癒されるでござるよ。ましてや、玄蔵さんは元猟師だ。森や山の空気は吸いなれていなさるから、元の元気な頃《ころ》を思い出させる端緒になるかも知れぬでござるよ」

「歩くだけなら、その辺でいい。この界隈《かいわい》でも事が足りるだろう。旅などすると銭がかかる。贅沢《ぜいたく》だ」

吝嗇《りんしょく》な多羅尾が異を唱えた。

「いやいや、転地が肝要なのでござるよ。数日移動してまったくの別天地で暮らす。そこで初めて嫌なことも忘れられるのでござるよ」

「ふん。贅沢病だな。いい御身分だァ」

と、腕組みをして玄蔵の背中を睨み、そのまま言葉を続けた。

「ただし、丹沢は駄目だぞ」

多羅尾は良庵に向き直り、釘でも刺すかのように指をさした。

「玄蔵の地元だからな、土地勘があり過ぎる。逃げられても困る」

「まったく……」

開源が多羅尾の頑《かたく》なさに呆《あき》れて、天井を見上げた。

「なにが、まったくだ？」

多羅尾が開源に目を剝いた。

「こんなに心を病んで、ヘロヘロになってんだよォ。逃げられるもんかい」

「最悪に備える……お前ら庶民と違い、それが武士というものだ」

「ふん。武士でなくてよかったァ」

開源がそっぽを向いた。一同に又候《またぞろ》、冷たい空気が流れた。

「丹沢以外で、どこぞによい転地場所がござらんかなァ？」

良庵が腕を組んで溜息《ためいき》を洩《も》らした。

「私に、あてがございます」

千代が小さく手を挙げた。

「どこだ？」

多羅尾がすぐに食いついた。

「江戸の北西、多摩川の上流、御岳《みたけ》の麓《ふもと》、青梅《おうめ》という土地にございます」

「お、青梅……」

背中を向けていた玄蔵が、ゆっくりと振り向いて千代を見た。


江戸から青梅まで行くには当然、青梅街道を使う。

「小川宿《おがわじゆく》（現在の小平市小川町）で一泊でしょうな？」

最後尾で駄馬《だば》の轡《くつわ》をとりながら、良庵が先頭を威張《いば》って歩く多羅尾に質した。

「物入りだが、仕方あるまいよ。なにせ病人連れだからなァ」

と、歩きながら振り返り、背後をうつむきがちに歩く玄蔵を見て冷笑した。嫌いな多羅尾から皮肉を言われても、玄蔵が顔を上げることはなかった。小川宿までなら四里（約十六キロ）かそこらだから、穏当な距離であろう。

玄蔵の後方を千代と開源が並んで歩き、駄馬と良庵が続く。多羅尾を含めて誰もが、旅装の町人姿だ。青梅の御嶽《みたけ》神社に詣《もう》でる庶民一行の態である。男四人は道中差として長脇差《ながわきざし》を佩《お》び、菅笠《すげがさ》に手甲脚絆《てっこうきゃはん》、小袖《こそで》の裾を尻まで端折《はしょ》って股引《ももひき》を覗かせた。女性の千代も基本は同じで、尻端折りが、裾端折《すそはしょ》りになった程度である。ただし、千代が一人だけ杖《つえ》を突いており、その中には細身の刀身が巧妙に仕込まれていた。所謂《いわゆる》仕《し》込《こみ》杖《づえ》である。

駄馬を借りてきたのには理由があった。鉄砲だ。玄蔵が所有する六挺《ちょう》の鉄砲をすべて持ってきた。二匁筒、六匁筒、十匁筒、ゲベーレ銃、狭間筒、気砲だ。重さは狭間筒だけでも三貫（約十一キロ）あり、他の五挺もそれぞれ一貫（約三・七五キロ）以上あるから、全部で八貫（約三十キロ）にもなる。五人分の荷物もあり、良庵が吝《けち》な多羅尾をやっと口説いて馬を借りることにしたのだ。直接玄蔵には伝えないが、玄蔵の体調が悪化した場合に、馬に乗せることも想定した準備である。

四谷《よつや》の大木戸《おおきど》（現在の四谷四丁目交差点）を過ぎて後は、甲州《こうしゅう》街道をしばらく西へ歩くことになる。

大木戸とは呼ばれているが、寛政《かんせい》四年（一七九二）に木戸自体は撤去され、今は石垣と石畳が残されているだけ。往来は勝手である。人通りが極めて多く、食い物などの屋台も商いをしている。一種の観光名所となっているようで、子供連れや、若い男女の姿も散見された。

大木戸の向かって右手に、巨大な冠木門《かぶきもん》が甲州街道に向けて聳《そび》えていた。

「多羅尾様……ここ、田安様ですよね、エへへへ」

開源が屋敷を指さして、多羅尾をからかった。数多《あまた》ある田安家の下屋敷のうちの一軒なのだろう。ちなみに、十二日前に玄蔵が射殺したのは、この田安家の御家老様である。

「五月蠅《うるさ》い。下らんことを申すな。黙って歩け」

多羅尾が振り向かずに苛々と答えた。田安邸の前を少しでも早く立ち去りたいのか、徒目付《かちめつけ》の歩みはわずかに速くなった。

左手には奥甲州街道に沿って真《ま》っ直《す》ぐな小川が流れており、澄んだ水が涼やかな音を立てていた。畔に幾本も植えられた柳が初夏の風にゆらゆらと揺れて、大層風光明媚《ふうこうめいび》である。

この小川こそが有名な水路、玉川上水《たまがわじょうすい》だ。ここ四谷の水番所から先は地下に潜り、石樋《いしとい》、木樋《きどい》を伝い、江戸の町に清水を供給した。

水番所には番人一人がおかれ、以下の高札が立てられていた。

この上水道において魚を獲《と》り、水を浴び、塵芥《じんかい》を捨ててはならない。

物を洗ってはならない。

上水道の両側三間（約五・四メートル）幅にある草木を刈ってはならない。

右に違反する者がいれば、曲事（犯罪）とみなす。

元文四年（一七三九）十二月　奉行

江戸の飲み水の重要な供給元の一つである。水質の保全には随分と気を遣っているようだ。

新宿の追分（現在の新宿三丁目交差点）で甲州街道と分かれた。追分から十里半（約四十二キロ）歩けば青梅に着く。慶長十一年（一六〇六）の江戸城築城時、青梅の成木村《なりきむら》から漆喰《しっくい》の原料である石灰を江戸に運ぶための運搬路として、大久保長安《おおくぼながやす》により整備された。半蔵門《はんぞうもん》から計れば、青梅まで全十一里半（約四十六キロ）の旅程となる。

実は青梅街道は、そこで終わりではない。青梅からさらに西へと伸び、大菩薩峠《だいぼさつとうげ》を越えて甲府の酒折村《さかおり》で再び甲州街道と合流した。甲州街道より二里（約八キロ）短く、さらに関所や大きな川越えがなかったことから、甲府へ急ぐ旅人は――或いは、関所を通りたくない「わけありの客」は——誰もが青梅街道を使った。概して街道筋は、栄えていた。

多羅尾組は、中野宿《なかのしゆく》を経て、その夜は予定通りに小川宿に草鞋《わらじ》を脱いだ。

「それにしても宿屋が、たくさん並んでいるでござるなァ」

良庵が宿場町を見回して笑った。

街道の両脇に、張り付いたように並ぶ小規模な宿屋の一軒に泊まった。

五街道の一つである甲州街道でさえ、大名行列は諏訪《すわ》の高島藩諏訪《たかしまはんすわ》氏、伊那《いな》の高遠《たかとお》藩内藤《はんないとう》氏、飯田藩脇坂《いいだはんわきさか》氏（後に堀《ほり》氏）の三家しか通らなかったから、まして「その脇《わき》街道においてをや」ということだろう。当然、豪華な本陣などはない。一方で、決して旅人が少ないわけではないから、自然、農家の副業を兼ねた安宿が林立することになった。

節約家の多羅尾は、男四人で泊まる部屋は「六畳間で十分」とした。多羅尾と開源の鼾《いびき》がひどいことを知っているので玄蔵は若干辟易《へきえき》したが、ま、仕方がない。終日歩いて自分も疲れている。なんとか眠れるだろう。

「で、玄蔵さん、歩いてみてどうだったでござるか」

多羅尾が厠《かわや》に立つのを見計らって、良庵が訊《き》いてきた。

「お天道様を浴びて歩くのは大層気持ちがよかったです」

「そらよかったなァ。この先に希望が持てらァ」

開源が、大きな顔に人懐っこい笑顔を浮かべた。

（なかなか良い仲間だよなァ。千代さんを含めた三人とは上手《うま》くやれるんだが、どうにも多羅尾の野郎がなァ）

幕府徒目付の多羅尾官兵衛——決して悪党ではないのだが、下の者に威張り散らすところと、それでいて権威に滅法弱いところが、玄蔵としては、どうにも気に食わない。小役人根性が服を着て歩いているような男だと感じている。

翌朝早くに小川宿を発《た》った。思った通りで、昨夜はよく眠れた。次の箱根ヶ崎《はこねさき》宿《しゅく》（現在の西多摩郡瑞穂町《にしたまぐんみずほまち》）まで三里（約十二キロ）、そこからさらに二里（約八キロ）歩けば青梅宿だ。この頃になると、段々道の左右に緑濃い山並みが連なるようになってくる。畑や田圃《たんぼ》を眺めながら、平野を往《ゆ》く旅はここまでだ。ここから先は、山間《やまあい》の道が甲府まで十二里（約四十八キロ）以上も続いている。

三

青梅山中の寺に部屋を借りてから数日が経った。

幸い天候に恵まれ、玄蔵は連日、千代や開源と付近の山を歩き回っている。森の空気を胸いっぱいに吸い込むと、江戸での嫌な出来事を束の間《つかま》忘れられたし、這《は》いつくばって谷川の水を飲むと、その甘さに思わず笑みがこぼれた。次第に玄蔵の気分が晴れ、体調が戻ってくると、なぜか今度は開源が音を上げ始めた。

「ちょ、ちょっと休もう」

「どうしたね開源さん、休むならあの尾根を越えてから、尾根なら涼しい風が抜けるし、景色も最高だぞ」

と、玄蔵は励ましたが、開源はイヌブナの根方に座り込んでしまった。

少し先を登っていた千代が足を止めて振り返り、額の汗を拭《ぬぐ》いながら、開源に微笑《ほほえ》みかけている。山歩きのとき、千代は小袖胴着に伊賀袴《いがばかま》を穿《は》き、菅笠に手甲脚絆で身を固めて歩く。まったく化粧をしておらず、年齢も随分と若く見えた。薄桃色の健康そうな頬《ほお》には、笑うと笑窪《えくぼ》が浮き出た。

「冗談じゃねェよ」

開源、疲労が高じて苛ついている。

「あんたは腕こきの猟師だし、千代さんは女忍《くのいち》じゃねェか」

溜息を洩らし、口先を尖《とが》らせた。

「俺ァ図体がでかいだけで、中身はただの街の破落戸だよ。無理だ。追い付けるわけがねェさ」

当初は、玄蔵の体調がすぐれず、また山歩きも久し振りだったので、その歩みは遅かった。休憩も多い目にとった。千代も玄蔵の歩調に合わせるから、開源もなんとかついて歩けたのだ。しかし、玄蔵が山歩きに慣れ、体調が戻り始めると、次第に開源は遅れ勝ちになってきた。

「一緒に山歩きをするってのが土台無理なんだァ。明日からは、あんたら二人切りで歩いとくれ」

官兵衛、良庵、開源の中で、比較的体力のある開源一人が玄蔵と千代の山歩きに同道したのだが、それでもこの体たらくである。ちなみに、多羅尾と良庵は端《はな》から同行を諦《あきら》めて、寺で大人しく帰りを待っていた。

「じゃ、今日はもう帰るとするか」

「玄蔵さんは、養生できてるんだから歩かなきゃダメだ。多羅尾の旦那に俺が叱られる。俺ァここから一人で帰るよ。坂を下れば川に出るし、川を下れば迷わず寺に戻れるさ」

「どうする？」

と、千代を見上げた。

「私たちはもう少し歩きましょうか？」

「そうするか……開源さん、では行くよ」

「ああ、行っとくれ」

イヌブナの根方に開源を残したまま、千代と二人、山道を上り始めた。

さらに数日が経った。江戸を発ったのが四月五日だから、これでもう八日続けて陽の下で体を動かしている。青梅に入って以降は、連日の山歩きだ。まるで今年の初めまでの山暮らしに戻れたような錯覚を覚え、束の間玄蔵は、幸福な気分に浸った。

（丹沢を出てから、まだ四ヶ月《よつき》しか経ってないのか……もう二年も前のような気がするよ）

見通しの良い尾根筋を歩きながら玄蔵は思った。

この四ヶ月、辛《つら》いことばかりが続いた。不幸な時間は、なぜかゆっくりと進むから、長い時が経ったように感じるのだろう。

（あれは、いい暮らしだった……）

終日山を歩き、緊張感をもって獣を倒す。夕方、その獲物を担いで山を下り、家に帰る。可愛《かわい》い子供たちと恋女房が出迎えてくれて、その日の狩りの自慢話をしながら井戸端で獲物を解体するのだ。そうこうする内に、夕餉《ゆうげ》の支度ができて、希和《きわ》が井戸端まで皆を呼びに来る。売りものにならない端肉と山菜や根菜を味噌《みそ》で煮込んだ塩辛い汁で飯を鱈腹《たらふく》食らう。子供たちが寝静まれば、起こさないように気を配りながらも、女房の豊満な体を時間をかけて楽しむのだ。

（質素だが、いい暮らしだった……それが、今はどうだ？）

玄蔵は心中で溜息をついた。

夕方山を下っても、待っているのは仕事仲間のむさい男が三人きりだ。自分は自分で、妻がありながら、女忍の色香に惑わされかけている。大体――

「玄蔵さん、止まって」

背後からの緊張した千代の声で、夢想から現実へと引き戻された。玄蔵は歩みを止めた。

「右手の前方、熊《くま》です」

女忍が小声で囁いた。

二人は現在、青梅宿の北西に連なる小山の尾根筋を縦走している。桝形山《ますがたやま》から名郷《なごう》峠《とうげ》、辛垣城《からかいじょう》跡を経て雷電山《らいでんやま》まで行くつもりだ。前方、杉の木立を透かして見れば、沢から尾根に向けて一頭の黒熊が駆け上ってくる。鼻の頭から尻尾《しっぽ》の付根まで三尺（約九十センチ）強、二十五貫（約九十四キロ）ほどか。大熊とは言えないが一応は成獣だ。こちらに鉄砲はなく、得物は千代の短刀と玄蔵の長脇差だけ。格闘になれば猟師と女忍が組んで戦っても、大怪我《おおけが》は避けられない。最悪、殺される。

まず玄蔵は、斜面を上る熊の前後を確認した。子熊を連れている様子はなく安堵《あんど》した。子連れの母熊ほど恐ろしいものはない。

（奴はまだ、俺たちに気づいていないようだな）

急に人の存在に気づくと熊も狼狽《ろうばい》し「逃げられない」と襲ってくることも多い。

（どうするかなァ）

彼我の距離は半町（約五十五メートル）強で「逃げるのか、襲うのか」微妙な距離感だ。ただ、こちらは大人が二人で、高度が少し高いのも有利な点だろう。熊は、下から上へ向かう攻撃を好まないものである。総じて「この熊は来ない。逃げる」と見切った。

「ほいッ」

と、大きな声で呼びかけた。声に、怒気や害意を含ませないのが肝要だ。山で朋輩《ほうばい》に出会った気分で声をかけた。

熊は森の中で聞く人の声に驚き、斜面の途中で足を止めるとこちらを睨んだ。睨んだまま動かない。

（穏やかな顔つきだ。おそらくは雌《めす》で、それも相当な婆様だな……大丈夫だろう）

「あっちへ行け。お前と戦いたくない」

と、再び声をかけた。背後から、千代が静かに短刀を抜く気配が伝わった。

「熊に、刃物を向けるなよ」

千代に小声で囁いた。

「……はい」

人が刃物を向ければ、獣からは「牙《きば》を剝いた」と見えるはずだ。玄蔵は、この年老いた大人しそうな熊を刺激したくなかった。

熊はまだ動かない。「戦うのか」「逃げるのか」、明らかに迷っている。

玄蔵はゆっくりと両手を広げ、大きく静かに振った。

「あっちへ行け。俺の方からは襲わない」

声に精一杯の胆力を込めた。害意が伝わっても、反対に恐怖が伝わっても、熊の攻撃を誘発しかねない。穏やかで、かつ、凜然《りんぜん》とした声が理想だ。

熊は、一度周囲を見回した後、やおら反転し、今来た沢筋へと駆け下り、すぐに姿が見えなくなった。

背後で、千代が大きく息を吐くのが聞こえた。

「お見事でした。さすがは丹沢の玄蔵さんですね」

千代が短刀を鞘《さや》に納めながら相好を崩した。頰に笑窪が浮かんだ。

「襲ってきたら、どうするお積りでした？　木に上るとか？」

「熊は人より木登りが上手です。走って逃げてもすぐ追いつかれる。戦うしかありませんよ」

「危ないところでしたね」

「まあね」

とだけ返事をして、歩き出した。

「戻ってこないかしら？」

どんどん先に行ってしまう玄蔵に、慌てて後を追いかけながら、千代が不安そうに訊いた。

「戻るもなにも……まだその辺にいますよ」

「え」

千代が歩を速め、玄蔵に身を寄せた。日頃は寡黙な女忍が、いつになく饒舌《じょうぜつ》になっているところを見ても、やはり野獣との近距離での遭遇が怖かったのだろう。千代の本質に触れたようで、玄蔵は嬉《うれ》しくなって心中で微笑んだ。

「熊は斜面の下の草叢《くさむら》に身を潜めて、こちらを窺《うかが》っているはずです」

「一旦通り過ぎさせておいて、背後から襲うつもりかしら？」

女忍なら、そういう策を使うのだろう。

「こちらが知らぬ顔をして歩み去れば、敢《あ》えて襲ってくることはないですよ」

一定の速さで歩きながら、千代の不安に答えてやった。

「あの婆さんは、もう『戦わない。逃げる』と決めたのだから」

「婆さんって……雌なのですか？」

疑っているようだ。ま、分からないではない。素人目には、雄熊《おすぐま》も雌熊も同じに見えるだろう。

「相当な年寄りでしたね」

「でも、どうしてわかります？」

「顔、動き……全体的な印象ですね。確かに雌の顔をしていましたよ。若い頃はさぞ美熊だったんじゃねェかな」

「嘘《うそ》よ。そんなの」

千代が憤慨したような声で囁いた。

「そこまで見分けがつくわけがないもの」

「本当ですよ……ほら、足を止めずに、ゆっくり振り返って後ろを見て」

西へ向けて尾根筋を歩く二人の後方二町（約二百十八メートル）、最前の熊が斜面を駆け上ってきて、尾根を越え、反対側の坂を駆け下りて行くのが見えた。

「あらま」

驚いたように千代が呟いた。

「熊は慎重で賢い獣ですが、頑固なところもある。一度『越えよう』と決めた尾根は、しばらく待ってでも越えようとするものです」

と、玄蔵が説明した。

その後、しばらく黙って歩いた。

「玄蔵さんが、熊撃ち名人と言われる理由《わけ》がよく分かりました」

千代が嬉しそうに呟いた。

「鉄砲の腕だけではないのですね。獣のことがなんでもお分かりになるから、出し抜いて、先んじて、お獲りになるのだと感じました。勉強になります」

「ま、猟しか取柄がないですからね」

さすがに照れて、赤面しながら答えた。

「御謙遜《ごけんそん》を。私などから見れば、取柄だらけにございます」

「あ、有難う」

と、上辺では答えたが、その実、玄蔵はまったく別のことを考えていた。

（一番の問題は、俺が熊の接近に気づけなかったことさ。幾ら千代さんが女忍だからって、山の素人に先んじられた時点で、俺ァ猟師失格だわなァ）

丹沢での玄蔵は一人猟師である。仲間と組んでの巻き狩り（追い出し猟）などは一切《いっ》やらない。誘われてもやんわりと断る。人に命じるのも、命じられるのも嫌いな性質《た》なのだ。

（そもそも、大勢で組むとなると、あっちにもこっちにも気を配らなきゃならない。気が散じて、狩りになんぞ集中できるもんかい）

千代は玄蔵を「獣に対する知識が豊富だから猟師として大成した」と褒めてくれた。博学を褒められて嬉しくはあったが、それは少しだけ違うとも思う。

勿論《もちろん》、山や獣の知識は必要だが、それ以上に大切なものがある。研ぎ澄まされた直感、野性的な気づき、山男としての勘働きこそが重要なのだ。曰《いわ》く言い難い気配を察知することで、玄蔵は幾度も危地を脱してきたし、大きな猟果を得てこられたのだと思っている。

（その直感が鈍ってる……これは由々しき問題だ）

最前、婆熊が斜面を駆け上ってきたとき、歩きながら玄蔵は、今の境遇を悲嘆し、昔の暮らしを懐かしんでいた。今は悲惨で、昔はよかった。そんな、あまりにも人間的な思考が、猟師が本来持つべき獣の心——野性の本能と言ってもいい——を曇らせていたとしたら、熊の接近に気付けなかったのも頷ける。

（猟師の要諦は、人を捨て森の獣になりきることだ。山や野に同化し、獣となりきれたとき、人が忘れた直感が研ぎ澄まされる。そもそも、昔を懐かしむ獣などおらんだろうからなァ）

家を出て山に入った瞬間から人ではなく獣と化す——これぞマタギが生き残るための唯一無二の道だ。できないマタギは早死にする。

（俺は、それが人一倍出来ていたはずなのに、なぜか今は出来なくなっている。なにが壊れちまったんだろうかなァ）

尾根を歩く玄蔵の足が、さらに速くなり、後続の千代を慌てさせた。

四

「駄目だ」

山寺の宿坊。枯山水《かれさんすい》の庭を望む広縁で、多羅尾は即座に玄蔵の提案を却下した。

「どうして？」

玄蔵が唇を尖らせた。

「今のお前は本調子ではない。言わば病んでおる。鉄砲も持たずに一人で山を歩いて、事故にでもあったらどうする。ワシはコレものじゃ」

と、己が腹をカッ捌《さば》く仕草をしてみせた。

「このまま俺の手の震えが治まらなくても、どうせ多羅尾様はコレでしょ？」

と、同じように切腹の真似《まね》をしてみせた。

「からかっておるのか？」

多羅尾が目を剝き、玄蔵が睨み返した。二ケ月《ふたつき》前の二月には、取っ組み合いの喧嘩《けんか》を演じた二人である。基本的に反りが合わない。

「つ、つまりでござる」

険悪な空気を読んだ良庵が、慌てて多羅尾と玄蔵の間に割って入った。

「多羅尾様は頭から反対しているのではなく、説明不足だと言っておられるのでござろうよ」

確かに多羅尾は「山を歩く」ことに反対しているわけではない。青梅に来て、数日山を歩き回っただけで、玄蔵の顔色は随分とよくなった。山歩きの効用は、多羅尾も認めているのだ。ただ多羅尾は、「一人で山を歩く」のと「護衛を付けて山を歩く」のとで、どれほどの違いがあるのか「分からない」と言っているのだ。

「もし大した差がないのなら」

千代が話に割って入った。

「今まで通り私なり、開源さんなりが護衛に付いた方が安全だとは思います」

「そうそう。そうだよォ、いつもの玄蔵さんなら兎《と》も角《かく》、今はやっぱ、一人は危ねェかも知れないよ」

開源が頷いて千代に同調した。

「ま、ワシが言いたかったのも、そういうことだ」

多羅尾が便乗した。

護衛を辞退し、自分一人で山を歩きたいとの玄蔵の提案だが、仲間からの賛同は得られないようだ。玄蔵は内心で「相談する順番を間違えた」と悔やんでいた。

賢く、性格が円満で、説明も上手な良庵に、まずは個人的に話すべきだった。良庵を納得させた上で、彼の口から自分の気持ちを皆に伝えてもらった方が、口下手な上に、多羅尾とは揉《も》め勝ちな自分が説明するよりは、よほどましだったろう。ただ、もう賽《さい》は振られたのだ。

「鉄砲を持って、山に分け入った瞬間から」

玄蔵は、仲間の説得に再度挑戦することにした。

「人の心を忘れなきゃ、猟師は務まらないと思うんですよね」

「獲物に哀れみをかけていたのでは、獣は殺せないとの意味でござるか？」

「ま、そうです」

良庵の問いかけに玄蔵が頷いた。

猟師は人の心を忘れ、替わりに山の獣になりきる。熊や狼《おおかみ》などの捕食者は鹿《しか》や兎《うさぎ》を殺しても一々哀れみなどかけていないだろう。むしろ獲物を得た喜びを噛《か》みしめるはずだ。猟師が「人の心を捨て、獣になる」とは、そういうことだと玄蔵は説明した。

以前の玄蔵は、それができていたし、だからこそ「丹沢一の猟師」として活躍できたのだ。

「なぜ、それが今はできない？　なぜ、獣になりきれない？」

多羅尾が詰問した。

「それが分かれば苦労はしませんよ」

玄蔵が、多羅尾を睨んで嘆息を漏らした。

「ただ、鈴ケ森で子供を撃ったとき、新黒門町《しんくろもんちょう》で久世を撃ったときには、まだそれが出来ていたのだと思います」

「獣の心に切り替えて撃てたと申すのだな？」

「そうです」

玄蔵が頷いて認めた。

新黒門町の隠れ家で、千代は「玄蔵が撃ちたそうにしていた」と指摘した。獲物を倒したいと思う欲求が、肉食獣である熊や狼を狩りに駆り立てるのだとすれば、練習のために鉄砲を構えたあの一瞬、束の間玄蔵は人の心を忘れ、「撃ちたい、殺したい」との獣の心が前面に出てきていた。

「千代はそれを感応し、常ならぬ玄蔵の一面、獣の心の一面を垣間見《かいま》たことで違和感乃至は嫌悪感を覚えた……つまり、そういうことだな」

「ま、そうです」

多羅尾に頷いて後、玄蔵は話を続けた。

「それがどうしたことか、南町の同心に銃口を向けたとき、人の心が場所を譲らずに居座った。人の心は『人殺しなんぞ嫌だ』と抵抗した。俺の中で葛藤《かっとう》が生じ、手が震えた……こんな見立てはどうでしょうか？」

「なるほど、筋は通っているでござるな」

良庵が腕組みをしたまま頷いた。

一同は押し黙ったが、やがて多羅尾が話を継いだ。

「久世を撃ったのは三月二十三日、同心を撃ち損なったのは四月の一日《ついたち》……八日の間になにがあった？　なにか変化があったはずだ」

久世を撃った後、玄蔵は体調不良に見舞われた。胃が痙攣《けいれん》し、吐き気をもよおし、夜は魘《うな》されて大量の寝汗をかいた。

「おかしいではないか」

多羅尾が突っ込んできた。

「おい玄蔵、お前は『撃ちたかった』んだろ？　少なくとも、ズッと側《そば》で見てきた千代はそう感じたんだ。で、見事に仕留めた。大成功だ。お手柄だ。それがどうして、吐くとか魘されるとか、妙な具合になってしまうのか？　逆だろ？　満足して気持ちよく眠れて当然のはずだァ」

「吐く、魘される……玄蔵さんの中で、人の心と獣の心が「譲れ」「譲らぬ」で戦《いくさ》を始めたということでござろう」

良庵は腕組みを解き、指を一本立て、一同の注目を集めてから語り始めた。

「戦があれば、農地や街並みが荒《すさ》むのはむしろ当然でござる」

今までは、山の猟場と人里で棲《す》み分け、折り合っていた獣の心と人の心が、主導権をめぐって争いを始め、結果として玄蔵の体調に異変が生じた。そんな風に良庵は分析しているようだ。

「でも、両者は折り合っていたのであろう？　二つの心は、なぜ今になって急に諍《いさか》いを始めたのか？」

「然様でござるな」

と、良庵はしばらく考えていたが、やがて――

「一方に、人の心があるでござる」

良庵は、顔の前で右手の拳《こぶし》を握った。

「もう一方には、獣の心があるでござる」

今度は左手の拳を握って右手の拳と対峙《たいじ》させた。

「両者の実力が伯仲拮抗《はくちゆうきつこう》していれば、案外、戦などは起こらないものでござるよ」

「両雄が相争えば、互いの損害が大きくなるからな」

多羅尾が頷いた。

「ところが、その力の均衡が崩れた」

と、顔の前にかかげた両の拳を上下に動かして見せた。

「拙者思うに、人の心の方が、獣の心に対し、弱体化したのでござろう。獣側が優位に立った」

右手の拳を少し下げ、左手の拳を少し上げた。

「家族と引き離されての慣れない江戸暮らし……」

千代が俯いたまま、小声で呟いた。

「その上、意に沿わぬ人殺しを強制されている……そりゃ、心も疲弊するはずにございましょう」

「ワ、ワシの所為《せい》だと申すのか？」

多羅尾が千代に目を剝いた。

「ここは詮議《せんぎ》の場ではございません」

千代が顔を上げずに反論した。

「誰の所為とか、誰が悪いとか、そんなことを申しておるつもりは一切ございません。只々《ただただ》、玄蔵さんの不調の原因を探る場にございまする」

その声には棘《とげ》がある。なまじ丁寧な言葉で、感情を押し殺して語るから、内心の苛立ちが余計に伝わった。

「でも、聞きようによっては、ワシを非難しているようにも聞こえなくもないではないか……ワシは、面白くないな」

「まああ、話を進めてようござるか？」

頃合いを見た良庵が、子供のように拗《す》ねた多羅尾と、多羅尾のそういうところに苛立っている千代の間に割って入った。

「ど、どうぞ」

と、多羅尾が瞬きを繰り返しながら良庵を促した。

（へへへ、多羅尾の野郎、千代さんの剣幕にビビッてやがる。多羅尾のように、のべつ幕なしに怒鳴ってると、こちらも慣れて怖くもなんともなくなるからなァ）

やはり相手を威嚇《いかく》するなら、千代がしたように、乾坤一擲《けんこんいってき》に限るようだ。

「では、話を続けるでござる」

良庵は、改めて左右の拳を顔の前にかかげた。

「その人の心の弱り目に、獣の心がつけ込み、人の心を追い出しにかかった。追い出されては堪《たま》らんと人側も獣側に抵抗するから諍いが生じる」

ここで両方の拳をゴンゴンとぶつけてみせた。

「玄蔵さんはその葛藤の中で苦しんでおられる、玄蔵さんの不調の原因はそこ……拙者はそう読むでござる」

「なるほど」

と、深く頷いた後、多羅尾は腕を組み、ちらと千代を窺った。

千代は俯いたまま動かない。

多羅尾は瞑目し、しばらく考えていたが、やがて目を開けた。

「一応は頷ける考えだな。明快だし矛盾もない」

「あの……よろしいか？」

玄蔵が、小さく手を挙げた。

「八割方は良庵さんの御説に同意だが、俺としちゃ、少しだけ違うところもあるように感じてる」

「どこが違うと感じるでござるか？」

「葛藤とか、諍いとか、戦とかではなく……」

と、良庵の真似をして、両の拳を顔の前にかかげ、対峙させた。

「俺の実感としてはさ、人の心と獣の心……」

左右の拳を同時に下げた。

「両方とも意気地《いくじ》を失《な》くしちまってるのかなァ、って」

人の心が生気を失った理由は、千代の説の通りだ。一方、玄蔵は山中で、熊の接近にまったく気づけなかった。素人の千代に教えられたぐらいだ。これは、獣の心も同時に生気を失っている証《あかし》ではないのか。

「確かにそうだよなァ」

開源が同調した。

「猟師が猟場から長く離れていれば、勘所は狂ってきて当《あ》たり前《め》ェだァ。俺だってよォ、三《み》ヶ月《つき》絵筆を持たなかったら、そりゃ似顔絵を描くのに、偉《えれ》ェ苦労すると思うかならなァ」

「つまり、玄蔵が『一人で山を歩きたい』と申すのは……」

多羅尾が思い当たったように、玄蔵に振り向いた。

「失った猟師の勘所を取り戻したいということか?」

「はい。話は冒頭に戻りますが……俺は元々が一人猟師だ。千代さんや開源さんと一緒に歩くと、どこか勝手が違うというか、昔の勘所を取り戻すのに、時が要るのかな、と思ったりもするわけですよ」

「昔のやり方の通りやれば、昔の勘所も思い出し易いと」

「然様《さよう》でございます」

「ま、申すことは分かる」

「そこに異議はないでござるよ。青梅の山を歩いて今日で七日が経つ。江戸を出た時と較べて、玄蔵さんは格段と元気におなりだ。山歩きが人を癒やす……この方向性は間違っていないと思うでござるからなァ。昔のままに一人で歩いてみたいとのお気持ちもよく分かる」

「一人で山を歩かれること、私にも異論はございません」

「俺にもねェ」

千代と開源が頷き、多羅尾も渋々同意して、衆議は一決した。

五

翌朝早く、玄蔵は一人で宿坊を出た。

そろそろ梅雨の入りだが、朝焼けの空を眺める分には、今日一日、天気はなんとか持ちそうだ。菅笠は被《かぶ》るが、蓑《みの》は持参しないことにした。腰に長脇差を帯び、手にはナナカマドで作ったヘラ（猟杖《りょうじょう》）――を持ちたいところだが、手許《てもと》にはないので、宿坊にあった赤樫《あかがし》の六角棒を持った。敢えて鉄砲は持たない。安易に銃口を向け、また震えが出たら目も当てられないからだ。折角《せっかく》、青梅の山を歩いて元気を取り戻しつつあるのに、振り出しに戻ってしまいそうで怖かった。

宿坊の北西二里半（約十キロ）にある川苔山《かわのりやま》をまず目指し、その麓にある百尋之滝《ひゃくひろのたき》を眺めて戻ることにしていた。

玄蔵は健脚である。明け六つ（午前六時頃）に宿坊を発って、四つ（午前十時頃）には尾根伝いに川苔山に上り、頂から西に下り、滝を下から仰ぎ見た。百尋と言えば六十丈（約百八十メートル）だが、実際には十三丈（約四十メートル）ほどか。名前には多少の誇張があるようだが、鬱蒼《うっそう》たる緑の中に白く一筋となって流れ落ちる瀑布《ばくふ》には、神々《こうごう》しいまでの風格が感じられた。

滝の轟音《ごうおん》に混じって、かすかにオオルリの囀る声《さえず》が流れてくる。美声だ。

（滝は、いいなァ）

と、清冽《せいれつ》な空気を胸いっぱいに吸い込んだ。手足の先にまで生気が流れいき、心が癒された。

滝つぼの畔に四つん這いとなり、顔を浸けて大量の水を飲んだ。

「う、美味《うめ》ェ」

と、口を拭いながら呟いた。蒸し暑い中を朝から歩き通しだったのだ。よく冷えた甘露水は極上の癒しに思えた。口を浸け、心ゆくまで飲み続けた。

「おい、玄蔵」

どこからか、玄蔵が十歳のときに亡くなった祖父の声が聞こえてきた。

「山に入ったら、食うのも飲むのもほどほどにな。腹が膨れると疲れやすくなる。足が動かんようになるぞ」

弁当を使うにも水を飲むにも、果ては休息まで、「少しずつ、幾度にも分けて」が山歩きで疲れないコツだと叩き込まれた。父は猟で始終山に入っていたから、山や猟の初歩を教えてくれたのは祖父だったのだ。

（確かに、この腹じゃ歩けねェよなァ）

大量に飲んだ水の所為で大きく張り出した腹を擦《さす》りながら、自分で自分が嫌になっていた。

（俺ァ、なにをやってんだか）

ここまで全人格的に低迷すると、なにごとに関しても自信喪失となる。現に今は、千古《せんこ》斧鉞《ふえつ》を知らぬ薄暗い森の中で一人きりだ。銃もない。生まれて初めて森が恐ろしく感じていた。

（そもそも、どうやって帰るんだ？）

玄蔵は途方に暮れていた。

(できれば尾根筋を歩きたいが……今さら、尾根まで上る気力はない。次善の策で沢を下ってみるか？)

沢筋は土壌が緩い上に、風の通り道となっており大木が育ちにくい。藪《やぶ》も然程《さほど》ではないから歩き易い。熊も鹿も狐《きつね》も狼も、森の獣は歩き易いところを好んで歩くものだ。自然、沢筋には獣道が形成される。杣人《そまびと》や猟師も、その同じ道を利用して山を移動している。

(この沢を下れば、先は多摩川だろう。多摩川をさらに下れば青梅の集落に出るはずだ。途中、崖《がけ》や滝があったら怖いが……そうなったらそのときだからな)

玄蔵は空を仰ぎ見た。幾重にも重なった広葉樹の枝を透かして、わずかに青空と太陽が望まれた。

(まだ、陽は高い。大丈夫だ。冷静に行こう)

と、重い腰を上げ、六角棒を突きながら、沢に沿って歩きだした。

しばらく進むと、プンと不快な臭《にお》いが風に漂った。

(糞《くそ》だ。それも肉を食らう獣の糞だ。近いなァ)

熊、狐、狸《たぬき》、鼬《いたち》、山犬——彼らの糞の香は、とにかく臭い。

いつの間にか、小鳥たちも囀るのを止めており、森の中はしんと静まっている。沢の水音だけがやけに高く聞こえた。

（なんかいるのかァ……いそうだよなァ）

玄蔵は足を止め、六角棒を構え、辺りの気配を探った。

（狐や狸ならいいが、熊と山犬は御免だぜェ）

草叢や倒木の陰、岩の向こう側、どこかに危険な獣が潜んで、こちらを窺っているような気がする。

ドック、ドック、ドック。

胸の鼓動が自分の耳に聞こえる。頭がジンジンと痺《しび》れてきた。ゴクリと固唾《かたず》を飲み込んだその刹那――

ガサガサガサ。

「わあッ」

玄蔵は逃げ出した。草を搔き分ける音がした方へ六角棒を投げつけ、後も見ずに駆け出した。獣に背中を見せて逃げる――山では絶対にやってはいけないことだ。

（嫌だ。もう嫌だ）

怯《おび》えて走る玄蔵の足が、宙を踏んだ。

「ひぃッ」

彼は二間（約三・六メートル）ほどの急斜面を転げ落ち、草叢に頭から突っ込んで止まった。崖というほどのものではなく幸運だった。「落ち込み」程度の落差である。

菅笠が飛び、腰の長脇差も無くなり、全身泥だらけ。手足の擦り傷がズキズキと痛んだ。玄蔵はしばらく動けなかった。頭を抱え込みうつむき、じっとしていた。若干すすり泣いていたかも知れない。

（陽が暮れちまう……歩かなきゃ）

と、立ち上がり、トボトボと獣道を歩き出した。

ただ、その後は獣にも、大きな崖にも遭遇することはなく、順調に沢を下った。一刻（約二時間）も歩くと、獣道はやがて林道となり、人の営みの気配が感じられるようになってきた。人里が近い。

多摩川との合流部《であい》に出たときは、さすがにホッとして胸をなでおろした。

陽が暮れたころ、へとへとになりながらも、ようやく宿坊に辿《たど》り着いた。

玄蔵は、森であったこと、感じたことを正直に多羅尾たちに伝えた。自分を取り戻そうと山に入った猟師が、かえって「山や森を恐《こわ》く感じた」と言い出したものだから多羅尾も良庵も嘆息を漏らした。

「結局、俺の心の病はまだ重く、一人で山に入れる状態でないことに気づかされたんですよ」

「そのようだな」

多羅尾が冷笑した。

山歩きが、玄蔵の心を癒やしてくれることは間違いないのだろうが、それにはもう少し、仲間たちの援《たす》けが必要だ。

「山歩きもよいのですが……」

千代は宿坊を出て、青梅の北にある隠し湯に移ることを提案し、多羅尾を窺い見た。鄙《ひな》びた小規模な湯治場であるそうな。多羅尾は俯き、小さく頷いた。

「湯治はようござるなァ。どうせなら最初からそこに行くべきでござった」

「千代さんらしくもねェや。どうしてこんな山寺に連れて来たんだい」

良庵と開源が、千代を批難した。千代は困ったような顔をして俯いている。

「や、それは……ワシなのだ」

仕方ないという風情で、多羅尾が口を開いた。

「湯治場より、宿坊の方が安く上がるからなァ。ただ、ま、こうなったら致し方あるまい、銭に糸目はつけんよ、湯治場へ参ろう、ガハハハ」

多羅尾の吝嗇の病は、墓に入るまで治らぬとみた。

六

五十貫（約百八十八キロ）はある熊の足跡を追っていた。

ツキノワグマとしては最大級である。姿こそまだ拝めていないが、それまでに一人で獲った熊のどれよりも大きな足跡だ。まさに巨熊。絶対に獲り逃がしたくはない。

丹沢山を見上げる大日沢《だいにちざわ》の畔、雪の中に点々と、巨大な足跡は北へ向かって続いていた。追跡を気取られぬよう風向きに注意し、十分に距離を置き、咳《せき》などせず、慎重に後を尾行《つけ》た。

「なあに、俺には鉄砲の腕がある。一町半（約百六十四メートル）以内に近寄れば、一発で仕留めてみせるさ」

十九歳の玄蔵は一人小声で呟き、足元の雪をすくって口に頬張ると、肩の十匁筒を背負い直し、雪を踏んでまた歩き始めた。

雄熊はときに、縄張りを超えて十里（約四十キロ）以上の距離を移動する。例外なく巨熊で、強くて、狡猾《こうかつ》で、狂暴な個体だ。猟師たちは「渡り熊」なぞと呼んで、畏《おそ》れ敬っていた。

（もし、この足跡が本当に渡り熊なら、撃ち獲って、丹沢中に猟師玄蔵の名を挙げてやる）

自分はまだほんの駆け出しの猟師だ。古株の猟師たちから軽んじられ、悔しい思いをしていた頃の話だ。玄蔵は功を焦っていた。

尾根から沢に、沢から尾根へと上り下りを繰り返しながら、足跡はどこまでも続いていた。その歩きぶりから見る限り、熊はまったく緊張していない。足跡はフラフラと左右に揺れ、急ぐ風には見えなかった。これだけの大熊になると、鉄砲猟師以外に怖い相手などいない。山奥ではのんびり構えていいのである。玄蔵の追跡に気づいていないのは間違いなかった。

だが雪の中で野宿をしながらの追跡である。二日目にして、食料の残りがわずかになってしまった。慎重に追い過ぎたようだ。鹿や雉《きじ》などはよく見かけたし、鉄砲があるのだから、撃って焼いて食えば、食料の心配はせずに済む。ただ鉄砲を一発撃てば、追跡を気づかれ、折角油断している熊を走らせることになる。山で走って逃げる熊には、どんなに健脚な猟師でも追いつけない。

（もう一日だけ追おう）

若い玄蔵は決心を固めた。

(明日の昼までに撃つ機会がなければ、この熊はきっぱり諦めて里に下りる……それにしても、ここはどこだ?)

鹿追い山を見ずならぬ、熊追い山を見ずである。

深山で迷った場合は、尾根に上るのが鉄則だ。祖父からも父からもそう教わってきた。高所から眺めれば、見覚えのある山なり、海なり、この辺なら富岳《ふがく》なりが見えるから、居場所の見当がつくものなのだ。

「迷ったら下れ、下れば沢があるから、さらに沢を下れば必ず海に出る」

と、力説する猟師もいないではないが、沢へ下る道の多くは崖や滝に邪魔される。谷は日が暮れるのも早いし、暗がりで足でも滑らせたら一巻の終わりだ。やはり尾根筋を辿って里に近づくのが王道なのだろう。

玄蔵は足跡を追うのを中断し、尾根に向けて上った。上る一方から、黒雲が湧《わ》き、辺りが薄暗くなり始めた。やっと上り切って尾根に立っても、里の方向がまったく分からない。雲が分厚く垂れこめて富士山《ふじさん》も海も見えないのだ。

「これは、拙《まず》いなァ」

と、呟いた唇に冷たいものが触れた。雪だ。泣きっ面に蜂《はち》——そんな言葉が頭を過《よぎ》った。玄蔵は、首を振って周囲の状況を把握した。

陽暮れは近い。風は北から吹いている。

（山の南麓《なんろく》で火を焚《た》き、雪と夜をやり過ごそう。もう巨熊は諦めるしかない。命の方が大切だ）

見通しの良い斜面を選んで谷底まで下りた。背負子から鋸《のこぎり》を出し、径四寸（約十二センチ）ほどの細いアカマツとミズナラを一本ずつ切り倒した。前者はすぐに火が点《つ》くが火持ちが悪い。後者はその反対だ。ナラを火床にして雪上に敷き、マツの表面を薄く削り、燃えやすくしてから薪《たきぎ》としよう。

大岩の陰で火を焚き、暖を取る。チロチロと燃える炎が、玄蔵に勇気を与えてくれた。山で死にたくなかったら、どんな悪条件でも火が点けられるよう、着火法にだけは習熟しておいた方がいい。

だが、陽が完全に暮れると、存外雪はすぐに止み、雲の切れ間から満天の星が見え始めた。

（ふう、助かった）

吹雪《ふぶき》が続き、数日降り込められて飢えるのを恐れたが、その心配はなさそうだ。四つ（午後十時頃）頃には、遠くの山の端に月が出た。今や雲一つない空に、歪《いびつ》な楕円《だえん》の月が上ってくる。

(しめた。月が上った方角に歩けば里に出るはずだ)

追いかけた熊の足跡は、まっすぐ北に向かっていた。月が上った東に向かって歩けば——丹沢は関東平野の西端にある山塊だから——必ず平地に出る。人里に出るはずだ。周囲の山々も、心なしか東に向かって低くなっている印象である。なんだか元気が湧いてきた。

(この月は寝待月《ねまちづき》だ。明け方まで空にいてくれる)

ならば、夜の闇《やみ》を恐れる必要もない。

(いっそ、夜通し歩くか?)

雪山ではあるが、北国や高地ほどの極寒ではない。月の光があり、方角も分かった。鉄砲もある。空が晴れ渡っている今の内に、少しでも里に近づいた方がいい。そう判断した。

小尾根を幾つか越えたころ、眼下の沢にポツンと灯が見えた。

(よかった。樵《きこり》か猟師が野宿しているのだろう。里へ下りる確かな道を訊《き》けるぞ。食い物をめぐんでもらえればいうことなしだ)

喜び勇み、雪を蹴って斜面を下り始めた。

ところが野営地に人影はなく、焚火《たきび》だけが燃えていた。炎の勢いは盛んで、最前までは新たな薪をくべていたと思われる。要は「今まで人がいた」のだ。

(小便にでも行ったかな?)

不思議なことに、雪の上には足跡が残されていない。よく見れば、枝かなにかで掃いて、足跡を消した痕跡がある。

(随分と警戒しているようだが……猟師じゃないのか?)

山で働く者同士、樵も猟師も互いに助け合うのが仁義だ。

「もし。俺は丹沢の猟師で玄蔵というものです」

誰にともなく語りかけた。

「渡り熊を追ってここまできた。悪さをするつもりは一切ないから安心してくれ」

しばらく応答はなかったが、やがて背後の闇から声がかかった。

「動くな」

女か子供の声だが、凛《りん》として肚《はら》が据わった印象だ。

「打根《うちね》で背中を狙っている。穂先には毒を塗ってあるから、命にかかわるぞ」

打根とは、長さが一尺(約三十センチ)から精々二尺(約六十センチ)と極端に短い、手で投げる槍《やり》だ。

（素人が使う得物じゃねェな。打根を使う猟師なんて聞いたこともないぞ……何者だか知らんが、触らぬ神に祟《たた》り無しだ。里の方向だけ聞いてさっさと退散しよう）

「ここがどこなのか？　里へはどう行けば下りられるか？　それだけ教えて欲しい」

「振り向くなよ。容赦なく打ち込むぞ」

「わかった」

気配が二つある。相手は二人だ。

「まず。ここは武州《ぶしゅう》青梅だ」

「青梅？　あの秩父《ちちぶ》とかの青梅か？」

「秩父はもっと北だ。ここは青梅だ。真っ直ぐ月に向かって立て。ゆっくりだぞ」

玄蔵は言葉に従った。

「左手を伸ばした方向。高いイヌブナ越しに尾根が見えるだろう」

「ああ、よく見える」

「あの尾根に上れば、青梅宿が見える。後は下るだけだ。これでいいか？」

「ああ、助かったよ……じゃ、行くぜ」

と、イヌブナに向かって数歩歩いたとき――

「ねェ」

背後から、更に幼い声に呼びかけられ、玄蔵は足を止めた。

「喜代《きよ》、駄目ッ！」

最前の凜とした声が名を呼んで厳しく制止した。

「行けッ」

凜とした声が玄蔵に命じた。振り向くことなく玄蔵は歩き始めた。

焚火から十分に離れた頃合いを見て、足を止め、思い切って振り返ってみた。

焚火の側に寄りそう幼い二人の少女。二人とも伊賀袴に、陣羽織のような綿入れを羽織っている。おそらくは姉妹なのだろう。十一、二歳に見える姉が、十歳ほどの妹の肩を抱き、こちらを睨んでいた。

「有難う。本当に助かったよ」

玄蔵は手を高く上げ、姉妹に声をかけた。姉妹は表情を崩さなかった。

（妹の名は、確か喜代とか言ったな）

と、心中で呟いた。その刹那――

ググッ。ググッ。

傍らから重たく雪を踏む音が聞こえ、漆黒《しっこく》の獣が跳びかかり、覆い被さってきた。

――熊だ。

身の丈五尺五寸（約百六十五センチ）ある玄蔵より、さらに一尺（約三十センチ）は背が高い。丹沢から追ってきた巨熊の逆襲に相違ない。薄闇の中でも大きく開いた口の赤さ、太い牙の黄色さがよく分かった。

「逃げろッ」

まだそこにいるに違いない童《わらべ》たちに一声かけた。鉄砲を用意する暇はない。腰に帯びた狩猟刀《ながさ》を、抜き打ちざまに大きな口の中へと突っ込んだ。

「グガッ」

巨獣は唸《うな》ると、狩猟刀ごと玄蔵の右腕を嚙み砕こうとする。

ゴリッ、ゴキッ。

骨が砕ける音と衝撃が直に伝わる。痛みは感じないが、恐怖と絶望感に打ちのめされた。

「うわ――――ッ」

と、叫んだところで目が覚めた。

七

濛々《もうもう》たる湯煙の中、玄蔵は湯舟に浸かっており、見上げる夜空には、やはり寝待月が浮かんでいた。この湯舟は野外にある。所謂《いわゆる》、露天風呂《ろてんぶろ》だ。

（そうか……千代さんが湯治場に連れて来てくれたんだ）

一行は、山寺の宿坊から谷間の隠れ湯に宿を替えて逗留《とうりゅう》していた。

湯の中で、右腕がちゃんと付いていることを確認してホッとした。ま、目覚めた瞬間に夢だとは気づいたが、それほどまでに腕を嚙み折られた感覚が生々しかったのだ。

本当に、夢でよかった。

「ふ――――う」

湯の中で思い切り手足を伸ばした。少し頭がフラフラするのは、軽く逆上《のぼ》せた所為かも知れないし、夢があまりにも生々しかったからかも知れない。いずれにせよ、この温かな極楽から出る気にはなれなかった。

（ああ、心も体も蕩《とろ》けるようだぜ）

と、両手で湯をすくい、ザブと顔を洗った。

それにしても興味深い夢だった。

熊の襲撃は兎も角として、幼い女の子たちとの邂逅《かいこう》は、現実の記憶の中にもある。

九年前、玄蔵は雪の山中で確かに幼い姉妹に遭遇しているのだ。

（青梅に土地勘のある姉妹で妹の名は喜代、姉の方は幼子ながらに物騒な得物を使い

こなしていた。齢《とし》の頃もピタリと合うぞ……もう、間違いあるまい）

先日、松濤屋敷の隠居屋で、千代の口から青梅という地名が出たとき、九年前の記憶がまざまざと蘇《よみがえ》ったのだ。千代には血の繋がらない妹がおり、名を喜代という。ここまで偶然が重なることなどあるものか。

（女忍の千代と喜代の義姉妹は、あのときの娘たちが成長した姿に他ならねェ……うッ？）

湯煙の中になにかいる。

今度は熊ではなさそうだ。人だ。それも女だ。

薄桃色の人影が動いて、湯煙の中をゆっくりと近づいてくる。千代であった。初めて見る千代の裸身が近づいてくる。胸から下は湯に浸かっているが、それでもよく引き締まった体の曲線が感じられた。

千代は、玄蔵と並んで座った。

「随分と魘《うな》されておいででしたよ」

「夢見が悪くてね……起こしてくれればよかったのに」

「声をかけました」

と、そっけなく答えた。

「あ、そう」

それで目が覚めたのだろう。ただどうせなら、もう少し早く声をかけて欲しかった。そうすれば、熊に腕を噛み折られるという恐ろしい場面を体験せずに済んだのかも知れない。

チャポン。

湯が小さく鳴った。千代が糠袋《ぬかぶくろ》で腕を擦《こす》ったのだ。

玄蔵は妻子持ちだが、年齢は二十八で、まだ若く健康だ。月に照らされた千代の裸身が気になって仕方ない。ごくりと生唾《なまつば》を飲み込み、その音が彼女に気取られなかったかと不安になった。彼は鼻まで湯に潜り、カエルのように目だけを出し、きょろきょろと薄暗い浴場を窺った。

「あまり長く息を止めていると、のぼせますよ」

千代はこちらを見ずに、糠袋で首の辺りを擦りながら窘《たしな》めた。また、チャポンと湯が鳴った。

（糞ッ、あんたは俺のお袋かい）

と、心中では毒づいたが、言われた通りに湯から顔を出し、フウと息を吐いた。

その後しばらく、二人は黙って湯に浸かっていた。

ギィーチョン。ギィーチョン。

天保十二年四月十七日は、新暦に直すと六月の六日に当たる。草叢では、数匹のキリギリスが遠慮がちに鳴いている。

「俺は以前……」

玄蔵が、小声で呟いた。

「それもかなり前のことだが、あんたに会ったことがあるなァ、って」

それを聞いた千代が、うつむいて忍び笑った。

「やっと思い出してくれましたね」

「気づいてたのかい？」

「多羅尾様から、丹沢の猟師玄蔵とのお名前を伺ったときに『もしや』と思い、お会いしたときには『やはり』と思いました」

「多羅尾には、前に会ったことがあると話したのかい？」

「まさか……子供のときのことですし」

と、頭《かぶり》を振った。

九年前の玄蔵はもう青年であり、少し薹《とう》が立った程度で、今も顔かたちは然程に変わっていない。対して千代と喜代は、その間に幼女から大人の女性へと変貌《へんぼう》を遂げている。玄蔵が分からなかったのも無理はない。

「一緒だったあの小さな妹さんが、先日、新黒門町にきてくれた喜代さんだろ?」

「はい」

多羅尾は、玄蔵を千代の色香《いろか》で籠絡《ろうらく》し、雁字搦《がんじがら》めにしようと画策していたが——あるいは今もしているが——二人の仲は遅々として進展しない。しびれを切らした多羅尾は、千代とは一味違う容姿の喜代を取り持とうと派遣してきたのだ。ただ、玄蔵は躊躇《ためら》っているだけで、実は千代に惹《ひ》かれており、千代の代わりに現れた喜代を拒絶した経緯がある。

「喜代、可哀《かわい》そうに……しょげておりましたのよ」

からかうように、責めるように言って、姉が妹の仇《かたき》を討った。

「や、喜代さんがどうということじゃねェ」

玄蔵は慌てた。色男気取りで自惚《うぬぼ》れて、女性を選《え》り好《ごの》みしたと思われるのは、大いに心外だった。別《わ》けても、千代からはそんな風に思われたくなかった。

「喜代さんは、俺なんかには勿体《もったい》ないような大美人さ。ただ俺は、どうせなら……あんたの方が……」

「どうせなら?」

顔をこちらに向け、眉を吊り上げて玄蔵を見た。

「や、そういう意味じゃねェさ」

ならばどういう意味なのか――自分でもなにを言っているのかよく分からない。

「どう言ったらいいのか……」

いい歳《とし》をして赤面し、困惑し、目が泳いだ。

「なにも仰らなくて結構です」

千代がついに吹き出した。

「私、玄蔵さんによい方を御紹介できると思います」

「よい方？」

「ここから三里（約十二キロ）ほど西、御嶽《みたけ》神社の奥ノ院のさらに奥……私が育った家がございます」

千代が湯に浸かったまま、西の方を指さした。

「明日からはそこに行ってみましょう。山奥で何もない場所ですが、きっとなにかしら道が拓《ひら》けるはずですよ」

と、身を寄せて玄蔵の肩に手を置き、耳元に小声で囁いた。玄蔵が、ブルルッと身震いした。

第二章　武州御嶽奥ノ院《ぶしゅうみたけおくのいん》――男具那社《おぐなしゃ》

一

翌朝、千代に先導された多羅尾一行は、一旦隠し湯から青梅宿まで下り、青梅街道を甲府に向け、西へと歩き始めた。

キョッキョッキョッキョッキョッ。

檜《ひのき》の梢《こずえ》で杳手鳥《ほととぎす》が鳴き始めた。その声には余韻があり、山の深さ、森の静けさをより強く感じさせた。

青梅街道と多摩川は、青梅宿から上流の小菅村界隈《こすげむらかいわい》まで、八里（約三十二キロ）近くも並走する。小菅川なぞと川の呼び名は変わったりもするが、それを言うなら、青梅街道自体が脇往還《わきおうかん》であり――幕府が定めた五街道のような官道ではないので――正式な街道名はない。青梅街道の他に、成木街道やら石灰《いしばい》街道、その先は大菩薩《だいぼさつ》街道などと様々に呼称された。

「これが多摩川の源流か……この水が流れ下り、やがて玉川上水となり、大江戸八百八町の喉《のど》を潤すのであろうなァ」

道の左側を流れる渓流を見下ろしながら、多羅尾が感慨深く呟《つぶや》いた。今朝の多羅尾は、旅の町人姿を止《や》め、小袖胴着《こそでどうぎ》に伊賀袴《いがばかま》、手甲脚絆《てっこうきゃはん》に一文字笠《いちもんじがさ》――典型的な下級武士の旅装に変えている。これから人に会うのであり、一応は徒目付《かちめつけ》多羅尾官兵衛に戻ることにしたようだ。

「御城の外堀に囲まれた南半分……本丸、北の丸、麴町《こうじまち》から新橋《しんばし》、八丁堀まで、広く玉川上水は使われているのでござる」

行列の最後尾から、駄馬の轡《くつわ》を取って歩む良庵が解説した。

「つまりはよォ、公方様《くぼうさま》から御大名衆、八丁堀の旦那《だんな》、下々の町人に至るまで誰《だれ》もが同じ水を飲んでるってことなんだよなァ」

開源が小気味よさそうに笑った。

「おい、こら開源、そういう下らん話に、いちいち公方様を絡めるな。お前、長生きできんぞ」

「だって本当のことだもん」

「本当のことなら、なにを言ってもいいのか？」

多羅尾が足を止め、開源に振り返った。

「あれやこれや、おまえの真実をワシはペラペラと喋《しゃべ》ってしまうぞ」

「わ、分かったよォ」

大男の開源が、肩をすぼめて多羅尾に頷《うなず》いた。

「そうか、分かったのならそれでよい」

と、多羅尾は満足した様子で、前を向いて歩きだした。開源が、多羅尾の背中に向けて舌を出すのを見た千代が、掌《てのひら》で口を隠して忍び笑った。

(いい仲間じゃねェか)

玄蔵は多羅尾の背後を歩きながら、多羅尾組のことを考え、翻って今までの自分の生き方と引き比べていた。

(俺ァ、山でも里の暮らしでも、仲間ってものを作らないでやってきた。それがよかったのか、悪かったのか分からねェが、結局は俺の好みの問題だからなァ)

家族はいる。大事にもしている。村人から声がかかれば、鎮守の祭礼にも、仏事にも形だけは参加していた。玄蔵は偏屈者ではない。ただ、自分には「独りの時間」が必要だと思うし、狩猟を始めとして「大事なことを皆で手分けしてやる」のは、どうにも苦手だったのだ。

しかし、今の仕事に仲間の協力は必要不可欠になっている。玄蔵は似顔絵を描《か》けないし、良庵ほどの知恵も知識もない。勿論《もちろん》、忍術は使えないし、幕閣との繋《つな》がりなどなに一つない。彼らはそれぞれに特技を持ち、余人をもって代えがたい人材として、責任を果たしている。

（狙撃《そげき》を成功させるには、皆の力を結集するしかない、そこは分かる）

頭では分かるが、心情の部分ではやはり面白くない。好みでない。そのことが知らない内に大きな心の負担となっているのかも知れない。

（それが高じて、手の震えの原因となっているとしたら、これは拙《まず》いよなァ。一人じゃ仕事はできねェし、さりとて皆でやるのは心の負担になる……これ、股裂きじゃねェか）

玄蔵は途方に暮れた。

後北条《ごほうじょう》氏の古戦場である軍畑《いくさばた》を過ぎた辺りからは、両側の山並みが迫り、狭隘《きょうあい》な渓谷を進むことになる。街道の宿場町というより、山里の感が強い。御岳渓谷《みたけけいこく》との呼び名もあるらしい。

（山歩きや湯治の次は、いよいよ女忍《くのいち》の実家かよ。大丈夫かな）

「ね、千代さん」

すぐ後方を開源と並んで歩く千代に振り向いて訊《き》いた。

「はい？」

「これから行く、あんたの家ってのは、忍びの館みたいなとこなのかい？」

「さあ、どうでしょう」

と、思わせぶりに首を捻《ひね》って、艶然《えんぜん》と微笑《ほほえ》んだ。

「あれ、女忍が誤魔化《ごまか》しやがったな……他人に話せねェような家に行くのかい、怖ェなァ」

千代の横を歩きながら、開源が口を尖らせた。

「行けば分かりますよ」

「お父《とっ》つァんが居なさるんだろ？」

玄蔵が重ねて訊いた。

「居ると思います。それから、父と言っても養父ですから、血縁はありません」

「あ、そう」

「へえ、そう」

玄蔵と開源が同時に返事をした。

「風魔無二斎《ふうまむにさい》殿と仰《おっしゃ》るのでござるよ」

最後尾から良庵が口を挟んできた。

「戦国期に小田原《おだわら》の北条氏に仕えた乱破《らっぱ》、風魔小太郎《こたろう》の十五代目を名乗っておられる忍術の達人でござる」

「風魔小太郎は、身の丈が七尺二寸（約二百十六センチ）あったそうな」

先頭を歩きながら多羅尾が付け加えた。

「そりゃ、熊かなんかの間違いじゃねェのかい？」

「七尺二寸の熊なんぞいるもんかい。六尺三寸（約百八十九センチ）が精々さ。ま、蝦夷地《えぞち》に渡れば化け物みたいなのがいるそうだがな」

身の丈が六尺（約百八十センチ）ある開源の心得違いを、身の丈五尺五寸（約百六十五センチ）の玄蔵が正した。

「やはり無二斎殿も背がお高いのでござるか？」

「養父《ちち》は小柄です。五尺（約百五十センチ）あるかないか……並ぶと私の方が、大きいですからね」

千代は身の丈五尺二寸（約百五十六センチ）で、往時の女性としてはかなりの高身長である。

「忍術修行のため、御岳の山中に籠《こも》って四十余年か……」

「五十余年です」

千代が、良庵の間違いを訂正した。

「五十年か……よほど変わった御仁でござろうなァ」

「無二斎様は、やっぱ変人なのかい？」

開源が不安げに質《ただ》した。

「私や妹には厳しいですが、世間的に見れば……ま、よい養父《ちち》です」

「あ、その言い方……やっぱ変人なんだなァ、嫌だなァ」

開源が千代から顔を背けた。

「よいではないか、変人同士で気が合うぞ」

先頭を歩く多羅尾が振り返らずに嘲笑《ちょうしょう》した。

「誰が変人でござるか？　拙者は極常識人でござるぞ」

「俺だって堅気でまともさァ」

「たわけッ！」

一声、多羅尾が吼《ほ》えた。

足を止めて振り返り、玄蔵たちを睨《にら》みつけた。一同も止《や》むを得ず足を止める。一人対四人で対峙《たいじ》するかたちとなった。

「お前ら、自分たちが『まとも』だとでも思っておるのか?」

多羅尾は一人ずつ指をさし、叱責《しっせき》し始めた。

「良庵、どこの常識人が馬鹿の一つ覚えのように『ござる、ござる』を連発するのか! お前の『ござる』は五月蠅《うるさ》いでござるよ! 開源、お前はその図体のデカさだけで十分に変わっとる。暑苦しいから息をするな! 千代は女だてらに人殺しのような目つきをしておるのだぞ。尼寺にでも入って悔い改めろ! 玄蔵に至っては『熊の面が見分けられる』とか抜かしおる。嘘《うそ》をつけ! あんなものどれも毛むくじゃらで見分けなんぞつくかい! お前ら四人、揃《そろ》いも揃って極めつけの変人だわい。まったく、こんなだからワシの苦労が絶えんのだ。反省しろ!」

と、一気にまくしたて、息が切れたのか肩を大きく上下させた。

「そういうあんたはどうなんだい?」

玄蔵がボソリと反論した。

「ワシか?」

そう言ったなり、多羅尾はしばらく黙り込んだ。

青梅街道と並行し、南側を多摩川が流れている。もうこの辺りだと大分渓流となっており、瀬を越す水の音が谷底から騒がしく湧《わ》き上っていた。

「かならずしも変人と言われないこともないかも知れないが……」

「ど、どっちなんだい？」

開源が瞬きを繰り返した。

「だから、変人と言われることもあると言っておるのだ！」

多羅尾が苛々《いらいら》と返した。

「ただ、ワシの変人は、お前らのそれとは大きく違うぞ」

「どう違うでござるか？」

「それはだな……」

「あの……」

千代が割って入った。

「まだ一里半（約六キロ）ほどございます。後半は長く山登りが続きます。陽《ひ》が暮れては道中に難儀致しましょう。議論などは家に着いてからにした方が、ようはございませんか？」

と、冷静にいきり立つ男たちを窘めた。

「ふん」

多羅尾がプイと前を向き、スタスタと歩き始めた。皆、黙って後に続いた。良庵が曳《ひ》く駄馬が、ブルンと鼻を鳴らした。

多摩川に架けられた吊橋《つりばし》を渡って、御嶽神社への参道を上り始めた。谷底に多摩川が流れる御岳渓谷を、遥かに見下ろす細い山道である。参詣者の姿もチラホラと見えた。参道はよく整備されており歩き易い。安山岩造りの立派な明神鳥居が立っており、これが御嶽神社の一ノ鳥居であるそうな。ちなみに、この鳥居がある場所は、現在の赤い一ノ鳥居の、向かって左の山の斜面にある。

「この鳥居は、里の方々が協力して建てた由にございます」

「まだ新しいな」

多羅尾が、柱を叩《たた》きながら訊いた。

「確か、文化七年（一八一〇）の造立かと、養父《ちち》のところにも奉加帳《ほうがちょう》が回ってきたと伺っております」

三十年以上前の話だから、勿論千代は生まれてさえいない。

碑《いしぶみ》が立っており、ここから御嶽神社までは、まだ一里（約四キロ）もあるそうな。比高が二百丈（約六百メートル）だから、かなりの山登りとなる。

「これから頂上まで上るのかい？」

開源が辟易《へきえき》しながら質した。

「急登はないから大丈夫です。御嶽神社詣《もう》でのお年寄りでも上れるよう、道が九十九折《つづらおり》になっています」

と、千代は答えたが、風魔無二斎が住む家は、頂上にある御嶽神社を越え、さらに四半里（約一キロ）歩いた山中にあるそうな。

「奥ノ院にあたる男具那社《おぐなしゃ》の、さらに奥の谷間にあります」

「馬は歩ける道でござるか？」

「御嶽神社から先は馬は無理です。山頂には宿屋が幾軒かあるので、馬はそこに預けて参りましょう」

「奥の奥の、そのまた奥ってわけかいな」

多羅尾が苦く笑った。

熊《くま》も猪《いのしし》も出る。狼《おおかみ》まで出る。

そんな森の細道を延々と上った。夏の猛暑とは違うが、梅雨の直前で相当に蒸し暑い。ましてや深い森の中は風通しも悪く、一同は大汗をかきながら御嶽神社へ向かって坂道を上った。

「千代さん、あんた汗をかかないね」

流れる汗を拭いながら開源が質した。

「かいてますよ」

歩きながら千代が答えた。

「や、俺にだって見ればわかるさ。実際にかいてねェだろ」

「顔にかいてないだけで、首から下には大層かいています」

「そんな器用なことができるのかい。やっぱ忍術てのは凄《すげ》ェなァ」

と、開源が瞠目《どうもく》した。

「忍術ではありません。役者さんや芸者衆も、顔には汗をかかないそうですよ」

「へェ、そう」

千代の衣服の下が汗で濡《ぬ》れていると聞いて、玄蔵はドギマギしていた。彼は湯治場で千代の肌を見ている。あの白く肌理《きめ》の細かい肌が、しっとりと汗で濡れているそうな。露天風呂《ろてんぶろ》でもそうだったように、ゴクリと生唾《なまつば》を飲み込んだ。

丹沢時代、村の分限者《ぶげんしゃ》が、妻子を持ちながら女を囲っていると聞けば「馬鹿な奴《やつ》だ」と嘲笑したものである。あの時は本心からそう思っていたが、いざとなれば自分も同じ穴の狢《むじな》であった。

坂道はいつ果てるともなく、木立の中を上り続けていた。

二

薄暗く森閑《しんかん》とした森の木立を抜けると、急に視界が開け、抜けるような青空の下に出た。山上の集落だ。三ノ鳥居までの三町（約三百二十七メートル）に亘《わた》り、点々と十数軒の宿屋が並んでいる。所謂《いわゆる》「御師《おし》の家」だ。御嶽神社への参拝客、この界隈の山を行場とする修験者《しゅげんじゃ》が泊まる宿である。中で、ひと際大きな宿に駄馬を預けた。馬場《ば》家といい、武田《たけだ》信玄《しんげん》四天王の一人、馬場《ば》美濃守信春《みののかみのぶはる》の末裔《まつえい》を名乗っているそうな。

三ノ鳥居を潜ってさらに上ると、御嶽神社の拝殿が見えてきた。狛犬ではなく狼を模した阿吽《あうん》の像が社《やしろ》を守っていた。

御嶽神社拝殿の裏から出て、鍋割山《なべわりやま》へと連なる稜線《りようせん》を八町（約八百七十二メートル）ほど西へ歩くと、奥ノ院である男具那社が立っていた。日本武尊《やまとたけるのみこと》を祀《まつ》った古い小さな祠《ほこら》である。そこから大きく左へ曲がり、だらだらと三町下った窪地《くぼち》の木立の中に、千代が育った「家」はあった。

家と言うが、厳密には「道場」であろう。五十畳はある板の間の正面には香取《かとり》神宮、鹿島《かしま》神宮と大書された一対の軸が下げられており、舞良戸《まいらど》を開けると、師匠無二斎と門弟たちの宿所、大きな厨《くりや》などが併設されていた。

「ここで育ったのでござるか？」

良庵が千代に質した。

「はい」

「山の中……というより、秘境でござるな」

「狐《きつね》も鹿も猿も参ります。童《わらべ》の頃《ころ》、彼らは遊び仲間であり、食べ物でもありました」

「き、狐を食ったのかい？」

開源が目を剝《む》いた。

「相当臭《にお》いますけど、食べても毒にはなりません……ね、玄蔵さん？」

「俺は、狐は食わない。猿もできれば食いたくない」

千代に話を振られた玄蔵が、嫌そうに答えた。

「そこだな。そこだよ」

多羅尾が玄蔵を指さしてニヤリと笑った。

「二本足の猿を食わないお前だ。人を撃つのを嫌がるのは二本足だからだ」

「雉《きじ》も鶏も二本足だが、俺ァ大好物だぜ」

「……そうかい」

自説が瞬時に論破された多羅尾、鼻白《はなじろ》んだ風情でそっぽを向いた。

「それにしても、誰もいないでござるな」

良庵が、周囲を見回しながら呟いた。

「じきに戻って来るでしょう」

千代が答えた。

「野良にでも出ておるのか？」

多羅尾が訊いた。

「いえ、そういうことではございませんが……私、ちょっと見て参ります」

一同を道場の床に座らせ、千代一人が奥へと消えた。男四人だけが残された。

ツリリリリリリ。チッ、ツリリリリリ。

遠くから、ミソサザイの長く引っ張るような囀《さえず》りが聞こえてきた。声は大きいが、この鳥の体は極々小さい。スズメより二回りほども小粒だ。山奥の渓流沿いに営巣することが多いから、この近くに沢があるのかも知れない。

「ここはつまり、忍法の道場ということでござろうなァ」

「らしいのう」

「ね、多羅尾様、ここの床板、顔が映るぜ」

「おお、本当じゃ」

傍らの床を撫《な》でながら多羅尾が答えた。

事実、ここの床板は黒々として光沢がある。まるで漆《うるし》をかけたようだ。日々多くの門弟が裸足《はだし》で走り回り、雑巾《ぞうきん》がけを繰り返すうちに、このような鏡面に仕上がるものだ。床板を見れば、その道場の実力が分かるともいう。

「さしずめこの道場は、一級品ということになるのでござろうのう」

（あれ？）

玄蔵は素早く辺りを見回した。道場の舞良戸はすべて開け放たれている。人の姿は見えないし、足音も聞こえないのだが、多くの人の気配がする。それも一人や二人ではない。近づいてくる。

（十人か……もっといるなァ）

玄蔵は指先で多羅尾の腕を突っ突いた。

「なんだ？」

玄蔵は、目で気配を伝えた。

「うん」

多羅尾も勘付いたらしく、脇に置いた刀の柄袋《つかぶくろ》を手早く外した。

「な、なんでござるか？」

異変を察した良庵が、玄蔵に小声で訊《たず》ねた。

「この道場は囲まれている。二十人はいる。それも、あまり穏やかな気分じゃないようだ。警戒や敵意を感じる」

「所謂『殺気』ってやつであろうな」

多羅尾が二刀を腰に帯び、ゆっくりと立ち上がった。

「ワシらは千代に案内されてここにきた。怪しいものではない」

と、多羅尾が声を張ったが変化はない。しんと静まったままだ。

やがて四十過ぎの男が一人、舞良戸の陰から音もなく姿を現した。

片膝《かたひざ》を突き、多羅尾に向かって頭《こうべ》を垂れた。

「御無礼の段、お許し下さい」

褪色《たいしょく》した藍色の筒袖《つつそで》の胴着に伊賀袴を穿《は》いている。腰には長脇差《ながわきざし》を帯び、総髪を後頭部で束ねていた。目つきが鋭く、肩幅が広く、それでいて身が軽そうだ。顔に表情が乏しく、内面を読み難《にく》い。

（ほお、男女の差こそあれ、千代さんと同じ臭いを持ってやがる。なるほど、これが忍びかい）

驚いたことに、舞良戸の陰、縁の下、庭の木立の陰から二十名近くの男女が姿を現した。最初に姿を現した男が最年長で、五歳ばかりの子供も交じっている。年齢は様々、数は少ないが女子《おなご》もいる。

「お前は、ここの道場の者か?」

多羅尾が質した。

「塾頭を務める庄八《しょうはち》と申します」

「庄八とやら、ワシは風魔無二斎殿に会いに来たのだが、案内しては貰《もら》えぬか?」

「それには及ばず」

別の方向から声がかかった。しわがれてはいるが、胆力を感じさせる冷静な声だ。見れば、いつの間にやら胴服姿の小柄な老人が、道場の正面に立っている。背後には千代が控えていた。

「風魔無二斎でござる」

「幕府徒目付、多羅尾官兵衛にござる」

挨拶が済んだところで、無二斎は庄八を見て目配せした。庄八が頷き返すと同時に、二十人もいた男女は音もなく風のように姿を消した。

(ほお、音を立てないところは、森の中を移動するときの熊にも似てるな)

と、玄蔵は忍者たちの身のこなしの軽さに感心した。

後ろから千代が無二斎の耳に何ごとかを囁《ささや》いた。

「あんたが丹沢の玄蔵さんかね？」

「はい」

急に名前を呼ばれて動転したが、考えて見れば、玄蔵の心の病を治す目的で皆ここへ来ているのだ。

「猟師にしては陽に焼けておらんな。顔が青白い」

「それはですな」

横から多羅尾が説明を始めた。

「江戸の町中で赤黒い顔が目立たぬよう、四ヶ月《よつき》ほど屋内で過ごさせました。ここしばらくは山を歩いておりますので、少し色は戻りましたが……以前は、栗《くり》の皮のような顔色をしており申した」

「栗の皮か……そこだな」

「そことは？」

多羅尾が訊いたが、無二斎は多羅尾には答えず、玄蔵に向き合った。

「玄蔵さんは、お幾つか？」

「二十八になります」

「今までに長患いをした経験は？」

「いえ、ございません」

玄蔵は至って壮健だ。この点だけは、丈夫な体に産み育ててくれた両親に感謝するしかない。

「幼いころからの山育ち、二十八まで山を駆け回って暮らしていた……これでよろしいか？」

「はい、その通りです」

「陽の光を浴び、森の精気を吸い込み、身体《からだ》を動かす健全な暮らしから一転、部屋の中で、あれやこれやと思案に暮れながら鬱々《うつうつ》と過ごすことになった。そこへ人撃ちという大きな試練が圧《の》し掛かる。そりゃ、不調もでるわなァ。御用繁多で疲れ切っておるときに、風邪《かぜ》をひき易くなるのと一緒じゃよ」

「なるほど、御明察！」

多羅尾が玄蔵に代わって、大袈裟《おおげさ》に頷いた。

「ここに逗留し、我が弟子に交じって鍛錬せよ。いずれ不調は治る」

「如何《いか》ほどの時がかかりましょうか？」

多羅尾が不安そうに訊いた。

「だから……顔の色が栗の皮に戻るころには治るよ、ハハハ」

と、玄蔵の顔を指さして笑った。

「そうもいかんのだ」

道場の広縁に腰かけ、前屈《まえかが》みになって草鞋《わらじ》の紐《ひも》を結びながら、多羅尾が不満げに呟いた。

「ワシの一存ではどうにもならん」

「しかし、それは無責任というものでござろう」

と、玄蔵の治療を配下に丸投げし、「自分だけ江戸に戻る」と言い出した多羅尾に良庵が嚙みついた。

「どうとでも言え。鳥居様からは『遅くとも一ヶ月《ひとつき》で戻れ』と念を押されていたのだ。玄蔵の面の色が『栗の皮のようになる』までは待てん。一旦、鳥居様の御判断を仰いでくる」

「その間、我らはどうすれば宜《よろ》しいのでござるか？」

「なんのためにここに来た？　無二斎殿の方針に従ってやればそれでよい」

「では、多羅尾様はいつまでに戻られるのでござるか?」

「それは分からん。江戸に帰ってみねば分からん」

その言葉に良庵が目を剝いた。

「やはり無責任と感じざるを得ないでござるよ」

「無責任で結構。良庵、お前にいいことを教えてやろう。役人というものはな、責任感のある奴から順に消えていくものなのだぞ」

「な……」

毒気に当てられた良庵が黙った。

「ま、玄蔵のことは頼んだ」

そう言い残して、多羅尾は江戸へと早足に帰って行った。

「多羅尾様の言葉には矛盾があるでござる」

多羅尾を見送った良庵が振り返り、玄蔵らに不満をぶちまけた。

「無責任で結構と開き直る割には、鳥居様の言いつけには律義を通そうとするのだから呆《あき》れるでござる。それでいて、留守中に結果が出ていなければ、拙者の所為《せい》にされるのでござろう」

「ありそうだねェ。上役と配下で態度を変える奴《やつ》ァ多いよ」

開源が同調した。

「愚痴を言っても詮無《せんな》いこと……私どもは養父《ちち》の方針に従い、指示の通りに致しましょうよ」

「で、ござるな」

無二斎の方針とは、以下の如《ごと》し。

「一つ、朝起きればまず陽を浴びよ。二つ、昼は極限まで鍛えよ。三つ、過不足なく滋養を摂れ。四つ、夜は十全に眠れ。心の病は、この四法の実践こそが寛解の要諦である」

さらに無二斎は、玄蔵に以下を厳命した。

「決して鉄砲に触ってはならぬ。気砲も含めて一切の鉄砲は、ワシが許すまで袋にでも入れてしまい込んでおけ」

心の健康が回復する前に、因縁深い鉄砲に触れると、肝心なところで手が震えだした嫌な記憶が蘇《よみがえ》り、症状は悪化するというのだ。

「一度、完全に鉄砲を忘れることじゃな」

玄蔵は青梅に、自分の所有する鉄砲をすべて持ってきている。二匁筒《にもんめづつ》、六匁筒、十匁筒、ゲベール銃、気砲、そして狭間筒《はざまづつ》の六挺《ちょう》だ。その全部を無二斎に預け、保管してもらうことにした。

無二斎は親を失くした孤児を引き取り、養子となし、忍者として育成すべく日々苛《か》酷《こく》な訓練を課していた。千代もその妹分の喜代も、元々は孤児で、無二斎を師として、また父としてこの道場で育てられたのだ。

玄蔵は、無二斎の弟子たちに立ち交り、剣術、槍術《そうじゅつ》、格闘、奥駆けなどの激しい鍛錬を積むことを命じられた。無二斎によれば「健全な肉体にこそ、健全な精神は宿る」のだそうな。

ちなみに奥駆けとは、沢から峰へと上り下りを繰り返し、山道をひたすら走る辛《つら》く苦しい鍛錬である。ただ、猟師の玄蔵にとっては、奥駆けこそが一番性に合っており、むしろ、剣術や槍術などの武術の方が、勝手が違い過ぎて往生させられることになりそうだ。

三

修行には開源と良庵も可能な限り付き合うが、終日玄蔵に付き添い、同じ鍛錬をこなし得るのは、体力的にも技能的にも千代一人である。この道場で五歳から十五歳まで、十年間修行を積んだ千代は他の門弟たちに比べても、明らかに腕がよかった。

しかし、女丈夫《じょじょうふ》の相手をさせられる玄蔵としては堪《たま》らない。特に剣術は苦手だ。最初の二日間こそ、構えや素振りを繰り返すだけで済んだが、三日目からはいよいよ立ち合い稽古《げいこ》が始まった。

バシッ。

「痛ッ！」

「ご、御免なさい」

千代に右前腕を強《した》か叩かれた玄蔵が顔を顰《しか》め、思わず千代が謝罪した。見守る無二斎は腕を胸の前で組み、只々《ただただ》苦笑いしている。

無二斎の道場では、剣術の稽古に面や胴、籠手《こて》などの防具類は一切着けない。得物は袋竹刀《ふくろじない》だから大怪我《おおけが》こそしないが、叩かれれば大いに痛むし、痕《あと》は確実に蚯蚓腫《みみずばれ》になった。

「先生よォ！　こんなんで剣術が上達するとはとても思えねェ。単に、痛いだけだろうがよォ」

千代から幾度も叩かれた玄蔵は、あまりの痛みに少々癇癪《かんしゃく》を起こした。ニヤニヤしている無二斎に向かい食って掛かった。

「馬鹿者、痛いのは生きておる証《あかし》じゃ。それが嫌なら、どうすれば打たれないか、どうすれば避けられるかを考えてみることだな」

「それを教えるのが、師範ってもんじゃねェのかい」

「他人から言葉で教えられても身につかん。体で覚え、体で考えろ」

無二斎が玄蔵を叱《しか》った。

「千代、お前は由松《よしまつ》と代われ」

無二斎が千代に指示した。

「玄蔵に遠慮しおって、手加減して面にはまったく打ち込もうとせん。籠手ばかり狙《ねら》いおる」

「養父《おとう》さま、私は手加減など致しておりません」

と、目を剝いた。

「たわけ。お前は一本取る毎に『済まん、済まん』と謝罪しとるではないか。どこの世界に謝りながら打つ剣法があるのか！」

「そ……」

言い負かされ、赤面した千代が口を閉じて引き下がった。代わりに、十二歳ほどの男子が袋竹刀を手に玄蔵の前へと進み出た。この子が由松なのだろう。

袋竹刀は練習用の得物である。江戸初期まで、剣術の立ち合い稽古は木刀で対戦し

ろもが刀木。るあがのもういと勢、だた。だ則原が「め止寸」うよぬせを我怪。た

に当たれば、骨折や大怪我の恐れがある。下手をすると生死に関《かか》わる。そこで袋竹刀の登場となった。

竹を幾筋かに割り、それを束ねて皮革製の細長い袋を被《かぶ》せる。革には赤漆《あかうるし》を塗って耐久性を持たせた。

(馬鹿にしやがって……ガキじゃねェか)

「大体、あんた幾つだ？」

鼻息の荒い玄蔵が少年に質した。

「十二歳です」

元気な声だ。年齢の割には体も大きく、顔は——それこそ栗皮の色をしている。玄蔵には、誠吉《せいきち》という七歳になる倅《せがれ》がいる。年齢は違うが、どことなく由松に似ていなくもない。

「俺ァ、一切手加減しねェぞ」

倅と似ているなぞと、変な仏心を出すと、痛い目に遭《あ》う。自らを戒めるために大声で言ってみた。

「オラもしません」

（オ、オラときやがったな。どこのド百姓の倅だい。可哀《かわい》そうにも思うが……ブッ叩いてくれる。恨むんだったら無二斎の爺様《じいさま》を恨むんだな）

双方、正眼に構えて対峙した。

「エイヤッ」

「そらそらそら」

まず玄蔵が先に仕かけた。竹刀の切っ先で小さく陽動をいれた直後に一歩踏み込んだ。しかし、由松は察知して機敏に二歩下がる。間合いは広がった。

（小僧、慎重だなァ。こりゃ、長期戦を覚悟しな……）

「キエ────ッ」

少年の裂帛《れっぱく》の気合《きあい》に気圧《けお》され、少しだけ玄蔵の腰が浮いたその刹那《せつな》──

「め────んッ」

バシッ。

飛び込まれて額を強かに打ち据えられた。

目の中に火花が散り、玄蔵は袋竹刀を放《ほう》り出して蹲《うずくま》った。

「あがッ」

道場の隅で見学中の良庵と開源、千代の三人が同時に目を閉じ、頭を抱え込んだ。

「イテテテ」

玄蔵が立ち上がれないでいると、由松が歩み寄り、手を差し伸べてくれた。

「師匠から叱られるから、オラ、謝らないですよ」

「ああ、別にあんたを恨みやしねェさ」

と、顔を上げて無理に微笑み、子供の手を借りて立ち上がった。

「女には負ける。子供にまで負ける。つくづく弱いのう。お前、それでよく恥ずかしくもなく熊猟師などと名乗れるな。リス猟かウサギ猟ぐらいにしておいた方が長生きできるのではないかなァ」

無二斎が冷笑した。

「俺ァ侍じゃねェから、剣術はやったことがねェんだ。仕方ねェよ」

「筋は悪くないのだ。ワシが鍛えてやれば、いずれ強くなる……さ、由松、もう一、二本教えてやれ」

「え、ま、まだやるの……」

玄蔵が嘆息を漏らし、ガクリと肩を落とした。

「アイタタタタ」

二本目も簡単に面を打たれ、玄蔵は床に崩れ落ちた。

(この糞ガキが、同じところばっか狙いやがって……もう一度額を打たれたら、皮が持たねェぞ)

玄蔵の額は、早くも赤黒く腫《は》れ上がって、瘤《こぶ》のようになり始めている。次に面を打たれたら、皮膚は破けて大出血となるだろう。血を見るのは嫌だったが、それ以上に子供相手に手も足も出ない自分が情けなかった。もう、誠吉に似ていようがいまいがどうでもいい。勝つしかない。由松をブッ叩くしかない。

(三本目だ。なにがなんでも一矢報いてやる……おい由松、もし怪我さしちまったら、勘弁な)

そう心に誓い、三度《みたび》袋竹刀を構えて対峙した。

「由松、遠慮も配慮も無用じゃ。三本目も勝ち切れ。勝ち切ることでお前は成長する。勝ち切ることが肝要なのじゃ」

「はいッ」

師の激励に、袋竹刀を構えた由松が元気よく答えた。

「エイサッ」

「イヤ――ッ」

上下に揺れる袋竹刀の切っ先が、相手の竹刀と微妙に重なる瞬間を待っている。

(勝ち切ること、か……師匠にそう言われた素直な弟子なら、三本目も同じ面を狙ってくるとみた。由松は動きが速い。俺が竹刀で受けようと振り上げたときには、もう額を打たれてる)

揺れる切っ先がわずかに触れた。

(まだまだァ)

玄蔵が半歩下がると、互いの切っ先はまた距離を置いた。

(よおし、肉を切らせて、骨を断ってやろうじゃねェか)

玄蔵が半歩前に踏み込み、互いの竹刀の切っ先が触れた、その刹那——

「め——んッ」

由松が踏み出し、やはり面を打ってきた。

バシッ。

だが、由松の切っ先は、玄蔵の額ではなく肩を打った。玄蔵がわずかに首を振ったのだ。大きな動作で面を打つ態勢である。がら空きとなった由松の脇腹《わきばら》に、玄蔵の竹刀が叩きつけられた。

バシッ。

大人の力で打たれたから堪らない。少年は吹き飛ばされ、無様に板の間にもんどりうって転がった。

「ああッ」

と、良庵たち三人が思わず腰を浮かせた。

「勝負あり」

無二斎が、手を挙げて稽古を止めた。

「明らかに由松の勝ちじゃ。由松の剣が一瞬早く、玄蔵の肩を叩いた」

事実は、その通りであろう。これが真剣での勝負ならば、肩を深々と斬《き》り下げられた時点で、玄蔵は相手の胴を打つ余力を失っていたかも知れない。ただ、無二斎はこうも勝負を総括した。

「面を打ってきた由松の竹刀を、玄蔵がもし竹刀で受け流そうとしていたら、おそらくは間に合わなかっただろう。肩を打たれることを承知で玄蔵は首を振った。身を捨ててこそ浮かぶ瀬もあれ……今の玄蔵の思想は、蓋《けだ》し、剣術の奥義に通じる。よい稽古を見せてもらった」

そう言って立ち上がると、無二斎は歩いて道場から出て行った。

玄蔵は袋竹刀を右手に持ち、辛うじて立っていた。本当は打たれた右肩が痛く、喚《わめ》き散らしたいほどだったのだが、大人としての矜持《きょうじ》が、かろうじてそれを思い止まらせていた。

「大丈夫かい？」

痛そうに脇腹を擦《さす》る少年に向かい、玄蔵が声をかけた。

少年が固い表情で頷いた。

午後からは——打ち身の痛さを我慢して——奥駆けに出ることになった。

無二斎の道場では、奥駆けは必ず三人ずつ組んで山に入るよう指導される。万が一事故があったときに助け合えること、体力差に応じての編成ができることの二つが利点だ。持久力をつけるのが目的なら、同程度の体力の者同士を組ませて競わせるし、仲間で助け合う精神を涵養《かんよう》したいなら、性差や年齢差がある者同士を組ませ、協力させるのが有効である。

本日の玄蔵は由松と組まされることになった。千代を交えて三人で山に入る。これは、無二斎の指示であるそうな。

「由松さんと俺ァ、今さっき『叩き叩かれた仲』だ。別の組にしてくれねェかなァ。気まずいよ」

「逆に、だからこそ養父《ちち》は組ませたのですよ」

「つまり、これはお仕置き、懲《こ》らしめの類《たぐい》ってことかい？」

「全然違います」

クチナシとキハダの粉末を卵白で練りながら、千代が笑いを堪《こら》えて首を振った。このドロドロの薬液で、玄蔵の額と肩に湿布してくれるそうな。患部の熱を取り、治りを早める効果がある。すでに由松の脇腹にも貼《は》ってやったらしい。

「じゃ、なんで由松さんと俺を組ませる？」

「奥駆けに出れば、自《おの》ずと分かると思います」

千代は、理由を明かしてはくれなかった。もったいぶっているように感じて、玄蔵は口先を尖らせた。

奥ノ院男具那社から鍋割山の頂上まで一気に上り、そこからは南へ尾根伝いに大岳《おおだけ》山《さん》へ至る。ここからが難路となる。北へ向かい、十町（約一・一キロ）行って百三十丈（約三百九十メートル）下り、枠木《わくき》の大滝に出る。沢伝いに井戸沢《いどさわ》まで行き、後は南へ向かって沢から尾根へと上り下りを繰り返しつつ奥ノ院にまで戻ってくる。全長一里半（約六キロ）強の峻険《しゅんけん》な山道だ。途中には崖《がけ》あり、滝あり、急登ありの難路である。危険なのは地形ばかりではない。この界隈には熊、猪、狼などが数多《あまた》出没するのだ。日没となれば、暗い中を歩くことになる。命懸けだ。

「では、参りましょうか」

菅笠《すげがさ》をかぶり、手甲脚絆に伊賀袴姿の千代に促されて三人は道場を発った。

玄蔵と由松は、朝の稽古で死闘を演じた仲だ。互いに怪我も負わせ合った。二人の間に、多少のぎこちなさが残るのは仕方ない。ただ、前後して山道を上り、大岳山を過ぎた頃には、少年が無口ではあるが、気持ちのしっかりとした聡明な子柄であることが、なんとなく伝わった。

（やっぱ、誠吉に似てるわ）

その最愛の息子は、母と妹と三人で現在、侍たちに見張られて、心細い思いをしているはずだ。

（それもこれも、俺がだらしないからだ。一刻も早く不調を治さなきゃ。多羅尾が指さす野郎をとっとと撃ち殺し、四人で丹沢に帰るんだ）

三人で声を掛け合いながら崖を下った。手を取り合って渓流を渡り、大汗をかきながら急登を上った。そして井戸沢に至るころには、玄蔵と由松の間のわだかまりは、完全に雲散霧消していたのである。

（なるほどね）

玄蔵には無二斎の意図が、なんとなく察せられた。

（人は、心が命じるままに行動し、手足を動かすもんだ。でも逆に、行動することによって心が変わるってこともあるんだよなァ）

玄蔵の心中に、無二斎に対する信頼感が生まれつつあった。

（千代さんも信頼しているようだし……しばらく、あの小柄なおっさんの言うことを黙ってきいてみるか）

なにせ、獣道程度の「道なき道」を進むのである。わずか一里半の行程に三刻《みとき》（約六時間）を要し、日が暮れたころ、ようやく道場へと辿《たど》りついた。

四

無二斎の弟子たちに交じり、日々鍛錬を重ねた。早朝から昼頃までは道場内で剣術や槍術の稽古で汗を流し、午後からは付近の山々を由松と千代と三人で組んで歩き回る日々である。梅雨入りし、天候はすぐれなかったが、菅笠をかぶり蓑を着込んで奥駆けは続けられた。

（山の獣は、多少の雨なら餌《えさ》を探すからなァ。晴れても降っても、山は山だァ）

玄蔵は雨を厭《いと》わなかった。雨でも雪でも暑さでも、山の森羅万象すべてを受け入れることで、自分は山に同化し得る。あまりにも人間的な「心の病」などというものを打ち負かせると確信していた。ただ、同道する千代や由松には申し訳ない事であり、玄蔵は二人に大層気を遣っていた。

「気になってたことがあるんだが……」

急登をこなし、息を整えるためにゆっくり尾根を歩いていたとき、玄蔵が千代に訊ねた。

「ここは、行者衆もいる修験の山だろ？　女人禁制ではないのかい？」

無二斎の道場には、千代以外にも若い女の門弟が幾人もいる。

「武蔵《むさし》御嶽は、その辺は寛大みたいですよ」

と、千代が答えた。

「鎌倉の頃には、壬生《みぶ》氏女とか清原《きよはら》氏女などと申す女子衆が寄進をしたと、神社の縁起にもありますから」

「ほお」

「詳しくは存じませんが、山で行者さんや、神職さんとすれ違っても、嫌な顔をされた覚えはございません」

「へえ」

ま、寛容なのだろう。

道場に来てから九日が経った。奥駆けを始めて八日目だ。次第に玄蔵の顔に生気が戻ってきた。虚無や脱力が去り、代わりに精悍《せいかん》さや明るさが蘇った。声にも張りが出てきている。

「かなり玄蔵さんは快復したようでござる」

「確かに」

良庵と千代は「玄蔵の快復振り」を認め、その旨を無二斎に報告した。三人は今後の方針についても話し合った。

「どんなものかのう」

無二斎は、女房子供と一緒に暮らした方が、玄蔵の心は早く安定すると提言した。

「この地に、奴の家族を呼び寄せるわけには参らんのか？」

「玄蔵さんの御家族は事実上の人質でござる。多羅尾様は、よい顔をされないと思うでござるな」

「役人は杓子定規《しゃくしじょうぎ》じゃからのう」

「ならば、御提案なのですが」

千代が、小さく挙手をした。

「え、俺が描くの？」

筆の動きを止め、開源が振り向いた。

「そうでござるよ。玄蔵さんの家族三人の似顔絵を描いて欲しいでござる」

山腹の窪地にある道場から男具那社まで上ると、一気に眺望が開ける。開源は、尾根筋に点在する切株の一つに腰かけ、周囲の山並みを写生中なのであった。

「玄蔵さんの女房、なんぞやらかしたのかい？」

「まさか、なぜでござる？」

「俺の絵は大抵、御手配書の人相書として使われるからさ」

「なるほど」

二人の目と同じ高さを、トンビが長閑《のどか》に鳴きながら滑空していく。

「今回の似顔絵は、人探しの用途には非《あら》ず。御家族の似顔絵を壁に貼れば『玄蔵さんは今以上に元気になられる』と千代さんが提案したのでござるよ」

「独り身の職人が、長屋の壁に水茶屋の看板娘の浮世絵を貼るようなもんか？」

「ま、大体同じでござろうな」

「ハハハ、分かった、描くよ」

早速に絵筆を片づけ始めた。

「女房の希和は、小柄で肉置《ししお》きが豊かです。瓜実顔《うりざねがお》……というより、丸顔なのかなァ。控えめで大人しい女だけど芯《しん》は強い。髪は、年相応に丸髷《まるまげ》を結って……」

良庵に問われるまま、玄蔵は家族の人《ひと》と形《なり》を縷々《るる》語り始めた。開源は、筆を手に瞑目《めいもく》し、想を練りながら、傍らで玄蔵と良庵の遣り取りを聞いている。時折、長く持った筆を細かく動かし、空中に絵を描いているようだ。

「お絹《きぬ》は愛嬌《あいきよう》がある娘でね。黒目が大きくてクリッとしていて……誰に似たのか、お喋りでね。まだ六つだが、将来は客商売なんかが向いてるのかなァ」

家族の話をしながら、思わず玄蔵が目頭を拭《ぬぐ》うと、部屋の隅で聞いていた千代は静かに席を立ち、ソッと部屋から出て行った。

開源は、希和にも子供たちにも会ったことがない。ただ、年格好、背格好、気質や言葉遣いなどを聞くうちに、絵師の脳裏には、その人の容貌《ようぼう》が具体的に浮かび上がってくるらしい。天才とは、そういうものなのだろう。

「誠吉は長男だから、できれば鉄砲猟師として育てたい。親の欲目かも知れねェが、あの子は猟師に向いてると思う。胆《きも》が据わってるし、剽悍《ひょうかん》だ。気の弱い猟師、動きの鈍い猟師は長生きできねェからなァ」

玄蔵が涙ながらに語った家族三人の顔を、開源は翌朝までに、それぞれ五枚ずつ描きあげた。計十五枚の似顔絵を玄蔵の前に並べたのだ。さらに、その中で玄蔵自身が「特に、よく似ている」と感じた数枚を選びだした。

「驚いたねェ。まさに俺の家族だ……開源さん、あんた本当に一度も会ったことはねェのかい？」

「ねェよ。あるわけねェだろ」

玄蔵が感嘆の声を挙げると、照れた開源は首筋を擦って笑った。

今後は似顔絵を部屋の壁に貼り、家族に見守られながら稽古に励むことになる。今まで以上に、鍛錬に身が入りそうだ。

その二日後、玄蔵は無二斎の居室へ呼び出された。今日は朝から快晴だ。午後には奥駆けに出るので、好天は有難い。雨でも風でも奥駆けは休みにならないが、できれば晴れていて欲しい。

居室には、無二斎の他に良庵と千代、それに塾頭の庄八が同席していた。

「どうだな？　励んでおるか？」

「お陰様で、昼間は道場と奥駆けでヘトヘトになりますので、夜は夢も見ずによく眠れます」

無二斎の下問に、玄蔵が答えた。

「クタクタのヘロヘロになって熟睡する……そこが要諦よ」

と、無二斎が頷いて目を細めた。

「そろそろ、猟師の血が疼《うず》きだしておるのではないか？」

玄蔵に向け鉄砲を撃ちかける真似をして、挑発した。

「自重しております」

「無理を致すな。撃ちたいのであろう？　鉄砲……ドン。いいぞ、鉄砲」

「御判断にお任せします」

「それは、つまり……」

と、前屈みになり、玄蔵の顔を覗き込んだ。

「ワシが撃てと言えば撃つ、撃つなと言えば撃たぬ……そう理解してよいかの？」

「そう考えております」

「ならば撃ってみよ」

そう言って庄八に頷くと、塾頭は立ち上がり、背後から火縄銃を一挺取り出し、玄蔵の前に置いた。

「まずは獣を撃ってみよ。最初から大物を狙うでないぞ。熊だとか猪だとかはまだ早い。ウサギか狸《たぬき》あたりを撃って、腕慣らしから始めよ」

鉄砲を見れば二匁筒だ。台株（銃床）と機関部の周囲に象嵌《ぞうがん》が埋め込まれた、猟師が持つには上等過ぎる得物である。

実はこの二匁筒、父から相続した。

二匁（約七・五グラム）の鉛弾を発射する火縄銃で、ゲベール銃や士筒に比べれば威力は格段に劣るが、発砲時の反動が少ない分、命中精度は極めて高い。

ちなみに、戦国時代、鉄砲隊が備えたのは、主にこの二匁筒であった。尤《もっと》も、戦国末になると、南蛮胴《なんばんどう》などの頑丈な甲冑《かっちゅう》が出回ったことから、二匁筒の威力不足が指摘され、鉄砲隊の装備は六匁筒が主流となった。

「触ってもようございますか？」

「おう、感触を楽しめ」

「では、御免なすって」

と、久し振りに鉄砲に触れてみた。同心狙撃に失敗したのは、確か四月一日だった。

今日は五月一日だから、一ヶ月《ひとつき》振りだ。ひんやりとした感触が伝わった。懐かしいというよりも怖い。蔵の屋根で狙いを定めた刹那、ぶるぶると腕が震え出して制御が利かなくなった記憶がまざまざと蘇ってくる。

台を摑んで抱え上げると、一貫（約三・七五キロ）の重たさがズシリと腕にきた。

（こんな重い物を抱えて、山歩きをしていたんだなァ）

今は杖《つえ》を一本持つだけの身軽さで尾根を越え、崖を下っている。それでもかなり辛い。以前の自分と今の自分、なにが変わってしまったのだろうか。

庭に向かって鉄砲を構えてみる。頰《ほお》に台株の摺金《すりがね》が当たって冷たい。ただ、震えはこない。しばらくそのままじっとしていたが、震えがくる様子はない。

「今日は天候も良好でござる」

と、良庵が笑った。

「午後からの奥駆けは、一つウサギ狩りと洒落《しゃれ》込むでござるよ。夕餉《ゆうげ》の御菜はウサギ汁を期待しているでござる」

「でも、獣を撃ってもよいのですか？」

玄蔵が無二斎に質した。

「そら、神域での殺生はいかん。ただ、神域の外なら別段構わんだろう」

「どこまでが神域ですか？」

「知らん。露骨に神社の近所でなければよい……御嶽は寛容なのだ」

無二斎が、苦く笑った。

タ――――ン。

二匁筒の軽い銃声が周囲の山々に木霊し、一町（約百九メートル）彼方でノウサギが倒れ、動かなくなった。相変わらず玄蔵の腕は見事だ。「震えの病」に冒されているとは思えない。

（と、いうより……もう治っているのかな？）

楽観的に考えてみた。

「そろそろ、次の段階に進んでも良さそうじゃのォ」

その夜、ネギとウサギ肉を味噌《みそ》で煮込んだ汁に舌鼓を打ちながら、無二斎が呟いた。

五

御岳神社近傍の山里に、夜な夜な熊が出て、作物を荒らすそうな。

畑でマクワ瓜《うり》が熟れ始めると、山から大きなツキノワグマが下りてきて、一晩で根こそぎ食ってしまう。

「あの畜生ども、熟れてねェ瓜は、ひと齧《かじ》りだけして、後は食わずに棄ててやがる。ワシらが丹精込めて作ったものを……悔しいよ」

と、農民は肩を落としていた。

夏の山は意外に、熊の餌が少ないものだ。初夏までなら食えた筍《たけのこ》も若葉も硬くなり、堅果や漿果《しょうか》、茸《きのこ》にはまだ早い。丹沢時代、玄蔵が夏熊を獲《と》らなかったのは、獲っても銭にならないからだ。川辺で青草でも食うしかない熊は痩《や》せており、肉も美味《うま》くない。熊胆《くまのい》も小さい。総じて滋養が足りないのだ。そんな時季に、瓜が甘く熟せば、そりゃ熊も山から下りてくる。

「無二斎先生、どうにかならないものかね」

と、里人から依頼を受けた無二斎は、玄蔵に熊の駆除をもちかけた。今度撃つのは熊だ。ウサギとは違う。猛獣との対決で緊張感のある射撃となるだろう。ただ、その緊張が過ぎて「震えの病」が再発するようなら、狂暴な熊との対決は大きな危険を伴うはずだ。

「やれそうか？」

「やります。やらせて下さい」

玄蔵は無二斎に向かって、やる気満々で頷いた。

昼間のうちに、千代と二人で瓜畑に様子を見に行った。本番は陽が暮れてからだが、一応はゲベール銃と十匁筒を持参することにした。

山間《やまあい》の森を拓《ひら》いた半反（約百五十坪）ほどの畑に、マクワ瓜や西瓜《すいか》などが栽培されている。森は雑木で下草も深く、熊が畑に接近し易い条件が揃っていた。

「こりゃ、盗《と》られるわなァ」

菅笠を被った案山子《かかし》が一体立てられているが、案山子で効果があるのは精々スズメぐらいであろう。熊に対しては、虚仮威《こけおど》しにさえならない。すでに瓜畑の三分の一ほどが食害されていた。

柔らかい畑の土には、幾つもの大きな足跡が残されていた。前足の横幅が五寸（約十五センチ）もある。

「随分と大きいのね。雄熊かしら？」

千代が、足跡と自分の掌とを比べながら呟いた。

「雄も雄さ……目方が四十貫（約百五十キロ）はある大物だァ」

冬眠明けほどではないが、夏熊も相当痩せている。秋に団栗《どんぐり》などを食べ脂肪を蓄えると、目方は二割方も増える。この熊も冬眠前には肥えて、五十貫（約百八十八キロ）

程度にはなるのだろう。ツキノワグマとしては最大級の個体だ。

「知っての通り、夜には風は山から吹き下る。風上から近寄ってくる熊はいねェ。奴は右手の藪《やぶ》から出てくる」

「確かに、足跡も右から来てますね」

「うん」

と、返事をしながら、玄蔵は首を伸ばして辺りを見回した。

「奥の森の際に杉の木が二本並んでるだろ、あそこから狙おう」

「でも一町（約百九メートル）はありますよ」

「夜は狙いが狂い易いから、できればもう少し近くがいいんだが……あれより近いと、こちらの臭いを風下から来る熊に気取られる」

「了解」

と、頷いたところに雨が落ちてきた。

「あらあら、梅雨ですからねェ」

と、恨めし気に千代が空を仰ぎ見た。

「濡れるのは嫌だが、雨の夜なら案外熊は出てくるよ」

「どういうこと？」

千代が小首を傾《かし》げた。左頬にだけ笑窪《えくぼ》が出た。

「熊は人と会いたくないのさ。雨の夜に出歩く人が少ないことを、奴らはよく知っているからね。空には月も星もなく真っ暗闇《まくらやみ》なのも手前《てめ》ェたちに有利だしな」

「だから雨の夜を狙って出てくる？」

「そう。今夜は出るぞ」

一旦は道場に戻り、身支度を整え、夕方瓜畑に戻った。「一人でいい」と断ったのだが、千代はついてきた。

「臭いが付かないように、遠回りしよう」

長く森の中を歩いて件《くだん》の二本杉まで行き、合羽の上から蓑をかぶって蹲った。

「この時季の待ち伏せは虫に悩まされるもんだが、雨だと虫が少なくていい」

「人の臭いや気配も雨に消されるんじゃない？」

「その通りだァ」

やがて辺りに漆黒《しっこく》の闇が訪れた。

ジ――――ッ。ジ――――ッ。

ケラが鳴いている。地中に暮らす虫なので、あまり雨を苦にしないのだろう。

幸い豪雨にはならなかったが、梅雨らしく、降ったり止んだりを朝まで繰り返した。

結局、その夜、熊は出なかった。

「出ませんでしたね」

欠伸《あくび》を噛み殺しながら千代が微笑んだ。

「お恥ずかしい。勘が外れちまったな。俺も焼きが回った」

玄蔵は千代の辛抱強さに感心していた。熊の嗅覚と聴覚は、人の幾倍も優れている。犬より熊とさえ言われる。だから待ち伏せには、会話や煙草《タバコ》は勿論、小便すらも厳禁だ。雨のしょぼ降る闇の中に、只々息を潜めて蹲っていた。若い女にしては、驚異的な我慢強さだ。

「これからどうします？」

その千代が訊いてきた。

「道場に戻って、まずはゆっくり眠ろう。夕方にまた来るさ」

「今夜も寝ずの番？」

「待ち伏せ猟で熊を撃つなら、三日や四日は通う気でなきゃ獲れやしないよ」

「大変なのね」

で、玄蔵と千代はその夜も瓜畑で熊を待ち伏せしたのだが、ついぞ熊が姿を見せることはなかったのである。

三日目。夕方に起き出して厠《かわや》に立つと、玄蔵は廊下で良庵と鉢合わせた。

「今夜も熊狩りでござるか？」

「無二斎先生からの指示だからね」

「天気は良さそうでござるな」

と、吹きっ曝《さら》しの廊下から首を伸ばして空を窺《うかが》った。

「今夜は十五夜で、夜の間ずっと明るいから、熊は出ないとは思いますけどね」

「ほう、明るいと出ないでござるか？」

「そう。月明りがあると人も夜目が利くでしょう」

「そんなことまで考えて、奴らは動いているのでござろうか？」

「熊は特に賢い獣ですからね」

「それにしたって……」

良庵は半信半疑で薄笑いを浮かべた。博識で聡明な良庵にしてもなお、獣の知能に対する人の偏見は、なかなか根強いものなのだ。

玄蔵と千代が瓜畑で配置について間もなく、東の空に満月が上り始めた。この月は朝まで夜空にあり、地上を照らし続ける。

天保十二年（一八四二）五月十五日は、新暦に直せば七月の三日だ。

ギィーチョン。ギィーチョン。

ジ――――ッ。ジ――――ッ。

キリギリスとケラが鳴き交わす程度で、秋ほど多くの虫が鳴いているわけではない。ただ、虫の声は物音を聞こえ辛くするから、熊が草を分けて進む微《かす》かな音に耳を傾けている玄蔵には邪魔で仕方がなかった。

梅雨時とも思えぬ雲一つない夜空に、巨大な望月が上っていく。

ギィーチョン。ギィーチョン。

ジ――――ッ。ジ――――ッ。

五つ（午後八時頃）過ぎ、瓜を狙って狸が現れたが、人間の存在に気づくと、慌てて姿を消した。

瓜は地面に生《な》るから、畑を見回しても視界を遮るものは何もなく、極めて見通しは良好だ。

ギィーチョン。ギィーチョン。

ジ――――ッ。ジ――――ッ。

千代が溜息《ためいき》をフウとついた。思わず横を向いて彼女の顔を見た。整った顔の稜線がわずかに微笑むのがハッキリと分かる。

（それだけ月が明るいってこった。こりゃ、今夜、熊は出ねェなァ）

と、思ったその刹那――

虫たちが、鳴くのをピタリと止めた。

（ん？）

風下側の森の端を窺う。距離は一町（約百九メートル）。満月の光も、さすがに森の中までは照らさない。真っ暗だ。その闇の中に何かがいる。そう感じる。息を潜めて瓜畑を窺っている。

（熊か？　や、人かも知れん）

熟れた甘い瓜を盗むのは獣ばかりではない。勿論、盗人《ぬすっと》だからと問答無用で撃ち殺したら大問題になる。慎重に、慎重に。

傍らの千代が持つ十匁筒を、指先でコツンと叩き、さらに指の合図で彼方の森を指し示した。千代は小さく頷くと、かねて打ち合わせていた通りに、十匁筒の発砲準備を開始した。

火鋏《ひばさみ》を音もなく持ち上げ、火縄の火を確認する。いつでも火蓋《ひぶた》を切れるように右手親指の腹を火蓋の取っ手にかけた。すでに鉛弾と玉薬《たまぐすり》は銃身に装塡《そうてん》し、口薬《くちぐすり》は火皿に盛ってある。これで火蓋を切り引鉄《ひきがね》を引けば、即発砲となる。ちなみに、火縄は硝石の水溶液を十分に染み込ませた上で乾かしてある。これだと火縄がすぐに燃え尽きることがない。ブスブスとゆっくり時間をかけて燃えてくれるし消え難い。

玄蔵もゲベール銃の撃鉄を静かに上げた。ゲベール銃には鉛弾と玉薬がすでに装塡されている。ゲベール銃と火縄銃は、先込め式の鉄砲である点はまるっきり一緒だ。火縄を使うのか、火《ひ》打《う》ち金《がね》を使うか、それだけの違いである。

「熊ですか？」

千代が極小声で囁いた。

「分からん。熊なら撃つ」

玄蔵が極々小声で答えた。

瓜畑は膠着《こうちやく》した。そのまま一刻（約二時間）が経ち、四つ（午後十時頃）をまわったころ。

（……来る。出てくる）

パキッと枯れた小枝を踏む微かな音が伝わり、馬とまでは言わないが、子牛程もある黒い影が、のっそりと瓜畑に姿を現した。

（ハハハ、人じゃねェわ。あんなにデカい人はいねェ。開源さんでも、あそこまではねェわ）

そう心中で苦笑してゲベール銃を構えた。

（おお……）

ふと気づいた。熊に集中して忘れていたが、ここまでは手の震えが出ていない。

熊は、畑の中に両足を投げ出して座り込んだ。人の赤ん坊が座る仕草によく似ている。両手で瓜を抱えて食べ始めた。風はないようだが、距離は一町あるし、黒い大きな影が見えるだけで、顔や胸の月ノ輪までは見えない。さらに、夜は実際の距離よりも遠くに感じるものだ。なにも気にせずに撃てば、弾《たま》は目標の上を飛び越えてしまう。気持ち、下方に照準して撃つべきだ。色々な点で夜の射撃は難しい。

（あまり欲張らずに、黒い塊のど真ん中を狙って撃とう。夜だからなァ……目算で二寸ほど狙いを下げれば丁度いいはずだ）

銃口側についている先目当《さきめて》（照星）が、微妙に揺れて狙点《そてん》が定まらない。これは自然な揺れであり、例の「震え」とは違う。

（俺、震えてねェなァ。熊を狙っても震えねェんだから、俺の心の病、完全に治ってるんじゃねェかなァ）

先目当が、狙点でピタリと止まったと同時に、引鉄をグイと引いた。

ダ————ン。

猛烈な火柱が銃口から四尺（約百二十センチ）も吹き出し、重たい衝撃が肩に食い込んだ。ほとんど同時に、一町彼方から息を吐くような咆哮《ほうこう》が聞こえてきた。

フグエ————ッ。

弾《たま》が熊の肺に入ったとき独特の悲鳴である。肺を撃ち抜くと、いずれ弱って死ぬ場合が多いのだが、なかなかその場での即死は望めない。

「身を低くして、隣の杉の陰に隠れろ」

そう冷静に囁きながら、十匁筒を千代の手から引《ひ》っ手繰《たく》り、代わりにゲベール銃を手渡した。

ザザザザザザ。

死にきれない熊が、こちらへ向かって瓜畑の中を突進してくるのが分かった。

（熊は闇の中に大きな火柱を見たはずだ。そこを目指して突っ込んできているんだ）

ザザザザザザ。

大きな黒い影が迫って来る。

（ならば……俺は一歩引いて、横合いから止《とど》めを刺してやる）

千代の後を追って、隣の杉に身を潜めた瞬間——

ガウ、ガウッ。

バリッ、バリッ。

大熊が、玄蔵たちが今までいた杉の木に襲いかかった。自分に苦痛を与えた憎き「杉の木」に爪を立て、嚙みつき、復讐《ふくしゅう》している。

「おい、熊公！」

十匁筒を構えた状態で声をかけた。

熊は一瞬動きを止め、ゆっくりとこちらを見た。口元から黒々とした液体が溢《あふ》れているのは、初弾が肺を貫いた証だ。満月を照り返す両眼《りょうめ》が、鉄砲を構える人間の姿を捉えた。怒り、驚き、諦《あきら》めの感情が即座に伝わった。

（往生せい）

ド————ン。

十匁（約三十七・五グラム）の鉛弾が、巨熊の眉間《みけん》に撃ち込まれた。距離わずか二間（約三・六メートル）から、銃口を押しつけるようにして撃ったのである。おそらく弾は熊の頭骨を粉砕、脳内にまで達したはずだ。ガクンと仰《の》け反《ぞ》った熊は仰向けに倒れた。一度身を起こそうともがいたが、その後は動きを止めた。

玄蔵は、十匁筒を千代に渡し、千代がすでに弾を込めているはずのゲベール銃を受け取った。

(ここから先が、一番おっかねェんだよなァ)

熊は「死んだふり」などしない。狐や狸のような姑息《こそく》な手段はとらない。森の王者の矜持が許さないのだろう。ただ、頭を撃った場合、鉛弾が頑丈な頭骨を破壊できずに、表面で止まってしまうことがある。熊は死なないが、相当な衝撃を受けるから、気絶することが希《まれ》にあるのだ。猟師が「死んだ」と油断して近づくと、ムクリと起き上がり、襲い掛かってくる。

玄蔵は、千代をその場に置き、ゲベール銃を構えて横たわる大熊に近づいた。傍《そば》で見ると、まさに巨熊である。

(動いたら……首筋に銃口を押し当ててズドンだ)

怖さを押し殺して一歩足を進めた。

ゲベール銃を伸ばし、銃口で突っ突いてみた。大きな体が、グニャグニャと蒟蒻《こんにゃく》のように揺れた。

「死んでる」

安堵の溜息とともに言葉が漏れた。もう大丈夫、完全に事切れている。

「お、お見事でした」

千代が、月光の中で微笑んだ。

「こんなに凄《すご》い戦いは初めて見ました。玄蔵さんはもう、復活されています。元通りですよ」

「ならいいんだけど……」

玄蔵は、千代に向き直った。

「ここまで快復できたのは、千代さん、あんたのお陰だ。礼を言うよ」

「そう言って頂けると、少しはお手伝いが出来たのかなって、私も嬉《うれ》しいです」

照れた様子で、千代が微笑んだ。両頰に笑窪が現れたのを、月の光が照らし出していた。

危険な相手と近距離で対峙しても、手の震えは出なかった。玄蔵は立派に、瓜盗人の大熊を退治したのである。これでもう全快なのだろうか――否、寛解程度だと思っていた方がいい。熊を撃つのと人を撃つのとでは訳が違う。重たさが違う。まだまだ検証が必要だろう。

第三章　敵の敵は味方

一

　本多圭吾は、江戸南町奉行所定町廻方同心《じょうまちまわりかたどうしん》である。当然の如《ごと》く、組屋敷は八丁堀にあった。それも八丁堀の東の端だ。家の前を水路（亀島川《かめじまがわ》）が流れ、対岸の霊岸島《れいがんじま》には巨大な蔵が立ち並んでいた。界隈《かいわい》には町方の与力衆、同心衆の組屋敷が多く、彼らは、祖父や曾祖父《そうそふ》のころから幾代にも亘《わた》って同じ職場に勤めていた。通りには付け届けや頼み事のために、わざわざこの地を訪れた商人や町衆、諸藩江戸屋敷に仕える武士たちの姿がチラホラと目に付いた。大体、風呂敷《ふろしき》に包んだ進物品を抱えているからすぐにそれと知れる。

「今年は、空梅雨《からつゆ》なんですかねェ」

　縁側に腰かけた愛宕下《あたごした》の助松が、よく晴れた青空を見上げて呟《つぶや》いた。

「夕べなんざ、綺麗《きれい》な満月だったぜェ」

「あっしも見ました。雲一つない夜空でねェ」

「そうそうそう」

圭吾は文机《ふづくえ》の上で、手控帳《てびかえちょう》を繰りながら手下の岡《おか》っ引《ぴ》きに返事をした。

彼は、二ヶ月《ふたつき》前に上野広小路で起こった狙撃《そげき》事件にまだかかずらわっている。被害者は三千石《ごく》のお旗本だ。町方が調べるのはお支配違いなのは重々承知だし、なんだか大きな背景が潜んでいる気配もあるが、どうしても好奇心を抑えきれない。圭吾は根っからの猟犬なのである。上司である南町奉行の鳥居耀蔵にも内緒で、勝手に調べを続けていた。

（なに、いざとなったら、被害者はお旗本でも、下手人は町人かも知れねェから『一応は調べておりました』とかなんとか申し開きすりゃ、名分は立つだろ）

なぞと呑気《のんき》に考えている。

「親分、気砲《きほう》って鉄砲があるのを知ってるかい？」

「キホウ？　なんですそれ？」

「こいつを撃ち出す特殊な得物さ」

と、文机の上にひしゃげた鉛粒をコロンと転がした。久世伊勢守の喉奥《のどおく》から摘出された銃弾である。

「その鉄砲は、なんと発砲時に音を出さねェんだ」

「つまり、ズドンがない？」

「うん。件《くだん》の百人町《ひやくにんちよう》で、鉄砲隊の長老から聞いた話では、吹き矢の原理で鉛弾《なまりだま》を飛ばすそうな」

「吹き矢……あの、息でフッとやる奴《やつ》ですかい？」

「ま、息を大量に溜《た》め込む仕組みになっていて、こう、一気に強く吹き出すらしいんだな」

「へえ……よく分からねェけど、殺傷力は？」

「異国の戦《いくさ》では、実際に狙撃に使われてるらしいわ」

「あら、ま」

助松が目を剝《む》いた。

久世伊勢守の墓を暴いて、死因が喉奥への銃撃であることが判明して以来、圭吾と助松は幾度か狙撃現場と思《おぼ》しき上野広小路に赴き、聞き込みをしている。

あの日、久世の行列が新黒門町界隈を通過しようとしたところで、漬物屋の大八車の荷が崩れた。これは多分、偶然だったと思われる。で、その音に驚いた久世の乗馬が暴れ、久世は落馬したというのだ。落馬時に久世は悲鳴を挙げ、大口を開いたところに、普請中の煮売酒屋から、鉛弾を口の中へと撃ち込まれた。弾が遺体へ入った角度からも煮売酒屋の二階の窓から撃った公算が高い。

そこまで推理は完成しているのだが、如何《いかん》せん問題は「銃声を聞いた者が誰《だれ》一人としていない」という点だった。

「もし、犯人が気砲を使ったのなら、発射音が無かったことにも説明がつく」

「確かに」

助松も興味津々である。

この犯人がもし、鈴ヶ森刑場で一町半（約百六十四メートル）を撃ち通した鉄砲名人と同一人物だとしたら――

「狭間筒《はざまづつ》のような異常な得物を使う野郎だ。音のしねェ鉄砲、すなわち気砲なんぞを持ち出して来たとしても不思議はねェ」

「どれもこれも、辻褄《つじつま》が合いますね」

「そうだろう。な、親分、鉄砲名人の丹沢の玄蔵を捜し出そうや。俺《おれ》の山勘は『玄蔵が何かを知っている』と告げてんだよ」

「分かってまさァ。そのためには似顔絵描《か》きの千波開源を捜し出せってんでしょ」

「済まねェが、ひと汗流してみてくんな、頼むわ」

「合点で」

と、縁側から勢いよく立ち上がった拍子に、助松がフラリとよろめいた。

「だ、大丈夫かい？」

「あらら、雪駄《せった》の鼻緒《はなお》が切れちまったようで……なに、どうということたァねェです」

「親分、今回の山ァ色々とキナ臭い。くれぐれも無理はしてくれるなよ。やばそうになったらスタコラ逃げ出すこったァ、な？」

「へへへ、そうさしてもらいやす」

小腰を屈《かが》めてから助松は立ち去った。圭吾は文机の前で岡っ引きを見送った。幅の広いガッチリとした肩が揺れながら遠ざかっていく。

（助松親分、頼りにしてるぜ）

と、心中で呟いたのだが、これが圭吾と助松との、永久《とわ》の別れになった。

二日後、愛宕下の助松は斬殺《ざんさつ》体となり、三十間堀《さんじっけんぼり》の木挽橋《こびきばし》近傍に浮いた。袈裟懸《けさが》けにズバリと一太刀——明らかに武士の、それも相当な手練《てだ》れの仕業《しわざ》だ。

（糞《くそ》ッ、俺の所為《せい》だ）

圭吾は悔やんだ。この事件の背後には大きな力が動いている。危険な山だと感じながらも、つい、助松の尻《しり》を叩《たた》いてしまった。深入りし過ぎたのだ。

（助松に、とばっちりを食わせちまったなァ）

と、刃物傷だらけの厳《いか》つい顔を思い出して涙を拭《ぬぐ》った——そこで、ふと思い当たったのだ。

（おいおいおい、つまり……次の口封じは、俺の番だってことかい）

背筋が凍った。自分の身は兎《と》も角《かく》、この家には、妻と実母と長男長女が暮らしている。彼女らを安全な場所に隠さねばなるまい。

（俺の家族だけじゃ済まねェかもなァ）

死んだ助松には恋女房がいた。岡っ引きとしての彼は、阿漕《あこぎ》に袖《そで》の下《した》を求める方ではなかったから、御用聞き専業ではなかなか食えない。女房が七味の行商で稼ぎ、家計を支えていたのだ。ただ、助松を殺した相手が完璧《かんぺき》を期すなら、亭主から事情を聞いている可能性のある「女房の口も封じておこう」と考えるかも知れない。

危険が身辺に迫る恐れを感じた圭吾は、家族と助松の女房を、因果を含めて妻の実家へと避難させることにした。妻の実家は武家でこそないが、京橋《きょうばし》にある太物問屋《ふとものといや》（木綿製品問屋）で、二十人からの奉公人が暮らすそこそこの大店《おおだな》だ。ここなら敵も滅多な手出しはできまい。

「へへへ、本多の旦那《だんな》、ご無沙汰《ぶさた》で」

夜の四つ（午後十時頃）少し前、各町の木戸も閉まろうかというころ、楓川沿《もみじがわ》いで不意に声を掛けられた。

「おう、仙兵衛《せんべえ》じゃねェか」

二十日の月が東の空に低く浮かんで、男の精悍《せいかん》な風貌《ふうぼう》を照らし出していた。

弥蔵《やぞう》の仙兵衛と名乗る若い男――詳細な素性は知らないが、街の遊び人であろう。小袖《こそで》の着流しに、渾名《あだな》の通り弥蔵を極《き》め、鼠《ねずみ》の尻尾《しっぽ》のような細い髷《まげ》を月代《さかやき》にヒョロリと垂らしている。まるで世間を嘗《な》めきっているような風体だ。嫌な野郎だが、そこそこ役には立つ。

「実は、面白いネタがあるんですよ」

仙兵衛は商家の裏事情に通じている。小ネタを圭吾に提供しては、小遣いをせびるが、決して高額な謝礼は求めない。

「いつものように二分《にぶ》（約三万円）で如何《いかが》でしょう。濱田屋《はまだや》の帳簿を渡しますよ」

薬種問屋の濱田屋が、禁制の芥子実《けしのみ》を闇《やみ》で大量に売りさばいているらしい。

「随分とデカそうな山だが……たったの二分でいいのかい？」

「そりゃ、俺も商売だからねェ。濱田屋が潰《つぶ》れりゃ喜ぶ旦那衆もあちこちにおられるんですわ。そちらに駄賃は奮発してもらうんで御心配なく、へへへ」

濱田屋は薬種問屋としては新興だが、やり手の若い主人が頑張り、最近は業績を大きく伸ばしている。それを面白く思わない老舗《しにせ》が、仙兵衛のような破落戸《ごろつき》を使って、生意気な若造を潰しにかかる——ありそうな話だ。

「分かった」

「では、そこの路地裏ででも、取引と洒落《しゃれ》込みましょうや」

「や、ここでいいだろ。人通りもねェし、十分に暗い。遠慮は要らねェよ。さ、二分やるから帳簿を渡しな」

仙兵衛との付き合いは、ほんのここ数ヶ月のことだ。信頼関係などない。助松が斬られたこともあり、圭吾は警戒した。

「帳簿と言っても、分厚い大福帖《だいふくちょう》だァ。ここに持ってくるわけがねェ。そこの路地に隠してるんで参りましょう」

「なら、お前《め》ェが先を歩きな」

「俺のこと……疑ってるんですかい？」

と、弥蔵を極《き》めていた両手を懐《ふところ》から袖へと戻し、体側にブラリと垂らした。

「誰のことでも疑ってかかるのが商売なんだ。俺ァ町同心だぜェ」

しばし睨《にら》み合ったが、やがて仙兵衛の方が折れた。

「いいですよォ」

と、小首をかしげて冷笑した。

仙兵衛は先に立ってスタスタと歩きだし、暗い路地へと入って行く。両側は大店の高い塀だ。月は出ているし、漆喰《しっくい》が白いので、夜目はきき易《やす》い。

仙兵衛の背中を油断なく見つめながら歩くうち、背後から微《かす》かな衣擦《きぬず》れの音が接近してきた。足音もする。気配を探るに——一人だ。

（それでも二対一か。助松を斬った野郎は相当な腕だったし……こりゃ、やべェぞ）

圭吾は歩きながら密《ひそ》かに、左手の親指で大刀の鯉口《こいぐち》を切った。もし武士が相手とすると懐に携行している長さ一尺（約三十センチ）の真鍮《しんちゅう》銀流し十手では心もとないからだ。

仙兵衛が足を止め、こちらに振り向いた。その手には匕首《あいくち》が握られている。

（おいおい、問答無用かよ）

背後からの足音が速まった。

（糞ッ……間違いねェ。助松を殺《や》ったのも、こいつらだ）

圭吾は大刀を抜いて背後を大きく払い、一歩跳んで白壁を背にして立った。

衣擦れの音の主は、羽織袴《はおりはかま》姿の武士だ。随分と大柄で、五尺八寸（約百七十四センチ）はある。

「おい、人違いじゃねェだろうな？　俺ァ南の例繰方《れいくりかた》の同心で、香川伝三郎《かがわでんざぶろう》という者だぜェ」

伝三郎は、確かに存在する。南町奉行所の例繰方なのも本当だ。

「嘘《うそ》にございます」

仙兵衛が叫んだ。

「この者、本多圭吾に相違ございません」

今まで伝法《でんぽう》な物言いを続けてきた仙兵衛が、急に武家言葉に変わった。

（隠密廻《おんみつまわ》りか……こいつの破落戸《ごろつき》姿は、世を忍ぶ仮の姿ってわけだな）

大柄な武士が、無言で刀を横に薙《な》いできた。

ブン。

迫力がある。助松を一刀のもとに斬り捨てたのは、こ奴《やつ》かも知れない。

強い奴と真っ向勝負するのは上策とは言えまい。圭吾は弱そうな方――仙兵衛に斬りかかった。彼の得物は短い匕首だ。仙兵衛は避けるしかない。圭吾は、その勢いのまま路地奥へと駆け出したが、すぐに往《ゆ》く手《て》を抜刀した別の武士二人組に塞《ふさ》がれた。

前に二人、後ろからも二人——進退が窮《きわ》まった。

「もう逃げ場はない。観念しろ」

背後から、仙兵衛とともに追ってきた大柄な武士が低い声で言った。

(馬鹿野郎、観念なんぞするかい。悔しくて死にきれねェわ)

見れば商家の白壁を穿《うが》ち、勝手口が設《しつら》えてある。一か八かで、その扉に頭から突っ込んだ。もし鍵が掛かっていれば万事休す。自分も助松の後を追うことになる。

(ええい、ままよ)

ドン。

幸いにも鍵は掛かっていなかった。扉が開き、圭吾は商家の裏手へと転がり込んだ。

「だ、誰だい?」

暗がりで抱き合っていた若い男女が、慌てて身を離した。

圭吾は、振り返って勝手口を見た。暗殺者たちが入ってくる様子はない。

「退《ひ》けッ」

と、白壁の彼方から押し殺したような声が聞こえて、四人分の足音が走り出し、路地を遠ざかった。

これで一安心。

「逃げるな。怪しいものではない。俺は、南町奉行所同心本多圭吾と申す」

懐から短い十手を取り出して示した。

「ご、御番所の旦那？」

男女は足を止めた。おそらく、この店の手代と女中でもあろう。逢引《あいびき》していたところに、町同心が転がり込んで来たので、頭が動転しているようだ。

「見回りをしておったら、勝手口の鍵を閉め忘れておるではないか。不用心である。実にけしからん。主《あるじ》か番頭をここへ呼べ」

「へ、へい」

と、二人は手を取り合って室内へと消えた。

（さ、長居は無用だァ）

勝手口から表を窺ったが、路地に刺客たちの気配はない。

本物の番頭に出てこられると説明が面倒だ。ここは早めに立ち去ることにして、命を救ってくれた勝手口を潜《くぐ》った。

二

（参ったよなァ）

圭吾は夜の江戸を、二十日の月に照らされ、当て所もなく歩いていた。月は東の空高くに上っている。もうすぐ九つ（午前零時頃《ごろ》）の時鐘が鳴らされるころだ。

家に帰るのは危険だと判断していた。

（どうせ奴ら、組屋敷は見張ってるだろうからなァ）

取りあえずは、今宵の塒《ねぐら》を探さねばなるまい。寒い時季でなくてよかった。

（江戸の町同心が宿無しかよ）

圭吾たちに追われて、わびしく逃げ惑うお尋ね者の辛《つら》さが身に沁《し》みた。

（そもそも、奴らは誰だ？）

長年定町廻方同心をやっていれば、深刻な恨みを買ったことも十指に余る。ただ、今回の相手は武家だ。それも多分、主持ちの歴とした侍だ。破落戸の逆恨みなどではあるまい。

公儀が下した「久世伊勢守は卒中死」との判断に疑問を抱き、嗅《か》ぎ回る圭吾を、久世を暗殺した連中が煙たがり、排除しようとしているのだろう。

（久世様は、御三卿《ごさんきょう》田安家の家老職だった。田安家の頭目は「田安の貉《むじな》」かァ）

田安の貉――御年六十三歳の田安斉匡《たやすなりまさ》である。十一代将軍家斉《いえなり》の実弟で、容貌も気質も兄弟はよく似ていた。家慶《いえよし》は当代の将軍ではあるが、甥御《おいご》に当たるから、発言に遠慮がない。なにかと政《まつりごと》に口を挟むので、家慶もその側近たちも辟易《へきえき》しているらしい。斉匡一人なら、どうということもないのだろうが、家慶と反りの合わない徳川一門衆やら、水野忠邦の政敵やら、外様《とざま》の雄藩らが斉匡と誼《よしみ》を通じるようになり、目下田安邸は梁山泊《りょうざんぱく》のようになっているのだ。

その斉匡の最側近が暗殺された。

（筋道に沿って考えれば、公方様側が、田安の貉の力を削《そ》ごうと、側近の久世様を消したんだろうさ）

家慶の最側近と言えば、筆頭老中の水野忠邦であろうし、その水野の最側近は、圭吾の今の上役である鳥居耀蔵だ。

五日前の天保十二年五月十五日、将軍家慶は享保《きょうほう》の改革、寛政《かんせい》の改革の趣旨に基づく幕政改革の上意を伝えた。所謂《いわゆる》「天保の改革」が始まったのだ。老中水野忠邦は幕府各所に綱紀粛正と奢侈《しゃし》禁止を発令し、江戸町奉行所を通じて江戸庶民にも布告、徹底された。華美な祭礼や贅沢《ぜいたく》はことごとく禁止されたのである。で、それに異を唱えるのが田安の狢とその一党なのだ。

（公方様、御老中、町奉行と御家門衆のうるさ方との諍《いさか》いか……こりゃ、なんとも天下大騒乱だねェ）

鳥居は、丹沢の玄蔵に狙いを絞った圭吾に、上役としての威光を振り回し、掣肘《せいちゅう》を加えてきたものだ。要は捜査に圧力を加えて来たということだ。

（これはもう、間違いねェわ）

久世を葬ったのは水野一派の鳥居耀蔵で、直接に手を下したのは丹沢の玄蔵であろう。玄蔵を捜していた助松を殺し、圭吾を襲わせたのも鳥居に相違あるまい。

（一味の背後には御老中水野様がいなさる。そりゃ、狭間筒だろうと、気砲だろうと入手は容易だったろうさ）

すべて辻褄が合い、ほぼ謎《なぞ》は解けた。町同心本多圭吾としての役目はここまでだ。この先、証拠を固め、玄蔵を捕縛しても所詮《しょせん》はトカゲの尻尾である。

（御老中やお奉行を捕縛するわけにもいかねェしな。ましてや、本丸は公方様と御一門衆の諍いと来たもんだァ。俺の出番はねェわなァ）

捜査はこれまで、今後は「如何《いか》にして生き延びるか」が問題だ。

（奉行から命を狙われる同心か……いくら能天気な俺でも、さすがに音を上げる。先

が見えね……や、待てよ……敵の敵は味方ともいうなァ)
ふと歩みを止めた。
ゴ―――――ン。
二町(約二百十八メートル)先で本石町《ほんごくちょう》の時鐘が、九つ(午前零時頃)を告げる直前の捨鐘《すてがね》を打ち始めた。ちなみに、時鐘は時刻相当回数の鐘を撞《つ》くが、それに先立って前触れ的に、捨鐘を三回撞いた。

田安家は御三卿である。八代吉宗の次男宗武《むねたけ》に始まる。家格は御三家に準じ、十万石を食《は》む。が、独立した大名家ではなく「将軍の家族」「徳川宗家の部屋住み」との位置付けであった。領地は日本中に分散しており、十万石だが城を持たない。家臣団の数も少なく、旗本が出向する形で、家老や用人を務めた。

(敵の敵は味方だァ。つまり、俺が生き永らえるためには、田安様の庇護《ひご》の下に逃げ込むのが一番だってことになる)

ただ、圭吾が摑《つか》んでいる秘密は、あまりにも重大だ。なにせ、老中か町奉行の指揮の下、御三卿家家老職の暗殺が実施されたのだから。

(田安家の方でも俺の始末に困って、口を封じようとは考えねェかな……そこだけが

気懸りだよなァ。死にたくはねェものなァ）

その危惧《きぐ》は尤《もつと》もだが、現在、圭吾の尻には火が点いている。

手下の岡っ引きは斬殺され、上司の町奉行は敵方の中心人物ときたものだ。おそらく組屋敷は絶えず監視されており、今夜の塒《ねぐら》さえもない。現に今、四人の武士から襲われ、危うく斬られるところだったのだ。

（ここは、なるようになると思い切るしかねェなァ）

他に選択肢はないように思えた。危険は承知の上だ。田安家に「畏《おそ》れながら」と訴え出て、庇護を受けるしかあるまい。

（身を捨ててこそ、浮かぶ瀬もあれ……とか言うからなァ）

ただ、田安邸は江戸城北ノ丸内にある。近傍の田安門は往来勝手ではあるが、こんな夜中に、町同心風情がノコノコと近寄れば、追い返されるに決まっている。

（ならば家老の屋敷に行けばいいんだァ）

久世は死んだが、御三卿家老職の定員は二名だから、もう一人いるはずだ。

（久世は寛永寺《かんえいじ》の先の根津《ねづ》だかに屋敷を構え、田安邸まで通ってた。もう一人の家老もどこか御城の外から通ってるはずだ。その屋敷に駆け込もう）

ただ、田安家の「生き残っている方の家老」の名を圭吾は知らない。

（武鑑《ぶかん》があればすぐにも分かるんだがなァ）

と、心中で舌打ちした。

武鑑――大名や幕府役職者の情報を記した紳士録である。版元が毎年刊行し、庶民を含め誰でも普通に購入できた。

家に取りに帰るわけにもいかないし、妻の実家も見張られていよう。職業柄、武鑑を持っていそうな商人に知り合いも多いが、下手に訪問すると、後々その家に大迷惑をかけてしまいかねない。なにせ現在の自分は、公方様と御老中の反目側に立ってしまっているのだから。みだりに近寄らない方がいい。

（どうするかなァ。どこで武鑑を手に入れる？）

と、悩んだ挙句、圭吾は幼馴染《おさななじみ》を頼ることにした。奉行所の定町廻方同心仲間である大久保宗右衛門《おおくぼそうえもん》だ。宗右衛門はとてもいい奴なのだが、如何《いかん》せん、冒険をしたがらない。「石橋を叩いても、やっぱり渡らない」性質《たち》なのだ。奉行所勤めを大過なく終えて隠居し、家督を愛息に譲ることだけが「人生の希望だ」と言って憚《はばか》らない。ただ、なにも匿《かくま》ってくれとか、泊めてくれとか無理な頼みをするわけではない。単に、旗本武鑑を見せてもらうだけだ。

（ま、三十数年の付き合いだ。武鑑ぐらい見せてくれるだろう）

と、楽観して八丁堀を目指した。

水路向こうの蔵の屋根で人影が動いた。裏の路地にも一人——や、二人いる。宗右衛門の家に行く前に、自邸に寄ってみたのだが、やはり圭吾の組屋敷は見張られているようだ。

（危ねェ、危ねェ）

自分の家なのに、入ることもできない。遠くから様子を窺ったのみで、さっさと踵《きびす》を返した。

ただ、どうしても武鑑は必要だ。気は進まないが、やはり大久保宗右衛門の家に向かうことにした。圭吾の家からは半町（約五十五メートル）ほどしか離れていないが、角度的に監視者たちからは見え難《にく》そうだ。

腰を屈《かが》めて、生垣《いけがき》の隙間《すきま》から庭に侵入した。

童《わらべ》のころ、宗右衛門を訪問するときには、いつも使った進入路である。なぜ木戸を通らないのかと言えば、大久保邸の木戸は開け閉めするたびに「ギギーッ」と大きな音をたてるからだ。あれから数十年が経《た》った今でも、大久保邸の木戸は一切修理されておらず、今も激しく軋《きし》む。

「おい、宗右衛門……俺だ。圭吾だァ」

宗右衛門の自室に灯《あか》りが見えたので、庭から小声で呼びかけた。すぐに灯りは消され、ガラと障子が開き、竹馬の友が顔を半分だけ覗《のぞ》かせた。

「圭吾、お前は馬鹿か⁉」

宗右衛門は、圭吾の羽織の共襟を摑んで自室に引きずり込み、外の様子を窺いながら静かに障子を閉めた。

「宗右衛門、なんで怒ってんだよ？」

「お前、今自分がどうなってるのか、分かってるのか？」

大体の想像はついた。奉行の鳥居は、今や圭吾の敵だ。おそらくは、汚職か不祥事の濡《ぬ》れ衣《ぎぬ》を着せ、圭吾を社会的に抹殺しようとしているのだろう。

「馬鹿、そんな生温《なまぬる》い濡れ衣じゃねェや。いいか、同心本多圭吾はな、岡っ引き助松殺しの咎人《とがにん》として目付に通報され、今や徒目付《かちめつけ》衆が動いてるそうな」

南町奉行鳥居耀蔵の前職は目付であり、徒目付は目付の配下だ。

「お、俺が助松を⁉」

――滅茶滅茶《めちゃめちゃ》である。なんでもありのようだ。

「お前は、喧嘩《けんか》する相手を間違えたんだよォ」

「でも、信じてくれ。俺ァ助松を殺《や》っちゃいねェ」

「そんなこたァ、奉行所の与力同心衆なら誰もが分かってら」

助松は、袈裟掛けに一刀のもとに斬り伏せられていた。相当な腕だ。対して、圭吾は同心衆の間で「剣術下手」で通っている。今までに数多《あまた》の斬殺体を見て来た現場の与力同心衆からすれば「本多圭吾に、こんな見事な殺し方ができるものかい」となっているらしい。

(喜んでいいのか、憤慨すべきなのか……よく分からねェ)

「ただな。お奉行が直々に、かつての目付仲間に訴えてるんだ。お奉行に逆らう根性のある野郎なんざ奉行所には一人もいやしねェよ。言っとくがな、その点は俺も同じだァ」

「や、ま、仕方ねェわな」

宗右衛門が「事なかれ主義」であることは、圭吾もよく知っている。過度の期待はしていない。

圭吾は今までの経緯と、今後は田安家に逃げ込もうと考えている旨を宗右衛門に伝えた。宗右衛門は敢えて反対はしなかったが、どこか態度が投げやりで「この男にはもう他《ほか》に逃げ道はない」と半ば諦《あきら》めているようでもあった。

ただ、旗本武鑑はすぐに見せてくれた。

田安家に仕えるもう一人の家老の名は——渡邊輝綱《わたなべてるつな》といい、官位は能登守《のとのかみ》、小石川《こいしかわ》御門近傍の駿河台《するがだい》に屋敷を構えていることが判明した。

「田安様に逃げ込めたら、後は家族のことも考えてやれ」

宗右衛門は圭吾を窘《たしな》めた。

「今でこそ目付の内偵ですんでるが、いずれ公にされれば、女房子供や御新造の実家にまで害は及ぶぞ」

「そうだな。ただじゃすまねェだろうなァ」

「当たり前ェだ。さあ行け。これ以上、俺はなにもしてやれねェ」

「宗右衛門、有難う。恩に着るよ」

「うるせェ……とっとと行っちまえ」

友に別れを告げ、来たときと同じ生垣の隙間から通りへと抜け出た。

駿河台を目指して圭吾は神田の街を歩いた。この時間、町木戸はすべて閉ざされているが、そこは裾端折《すそはしょ》りの黒羽織《くろばおり》と懐から覗かせる十手の御威光で、番太郎たちは慌てて木戸を通してくれた。

(鳥居の野郎は俺を捕縛しても、久世の暗殺劇なんぞをペラペラ喋《しゃべ》られると困るはずだァ)

周囲を気にしながらコソコソと夜の江戸の街を歩いた。盗人《ぬすっと》の気持ちが、痛いほどよくわかった。

(だからこそ、手前ェの元の仲間である目付や徒目付に捜させてるんだ。取り調べ抜き、問答無用でバッサリと殺《や》るつもりだろうよ)

目付の所管事項と決まれば、町奉行所の与力同心衆が動くことはあり得ない。

(俺には、かえって好都合だったんじゃねェかなァ。もし南北の奉行所に動かれてたら、各番小屋、辻番所にも手配が回る。そうなったら江戸の街なんぞ歩けやしねェからなァ)

八丁堀の東端から小石川御門まで、ざっと一里(約四キロ)足らずある。町屋を抜けると武家地に入り、木戸や番小屋がなくなる替わりに、辻番所が睨みを利かせていた。辻番所に詰めているのは、近隣の武家屋敷から雇われた辻番である。多くは給金の安い老人か薄馬鹿だ。

「卒爾《そつじ》ながら」

圭吾が一声かけると、六尺棒にもたれて舟を漕《こ》いでいた老人が、ビクリと背筋を伸ばしてこちらを見た。

「な、なにか？」

「ワシは、南の同心で本多圭吾と申す」

ずっと暗がりを歩いて来たので、辻番所の灯火がやけに眩《まぶ》しく感じる。もし町奉行所が動いていたら、圭吾はこうして本名を名乗ることはできなかったろう。

「田安様御家老の渡邊能登守様に呼ばれて参った。お屋敷はどこか教えて欲しい」

「渡邊様……へいッ」

この時代の武家屋敷には、表札など一切出されていない。切り絵図もあるにはあるが、確かなところは近所の辻番所で訊《たず》ねるのが一番だ。

「角から三軒目の御門です」

と、辻番は番所から出て、丁寧に教えてくれた。

「でも旦那……」

「ん？」

「もう、九つ（午前零時頃）回ってますぜ。こんな時間に呼び出されたんで？」

なにやら怪しんでいるのだろうか。

「それがよォ。奉行所の方で不始末があって、俺が事情を説明に上がるんだわ。こんな時間に呼びだされて……まさか、御手討になるんじゃねェかとビビッてんだわ」

「そ、そら偉いこってすな……ま、御無事で」

辻番は、面倒事には関《かか》わりたくない様子で、すぐに解放してくれた。圭吾はホッとして角から三軒目を目指した。

三

渡邊家は家禄四千石の大身である。巨大な長屋門が、深い闇の中に静まっていた。

(四千石ともなると豪勢なもんだなァ。俺と同じ幕臣とはとても思えねェや)

夜の静寂《しじま》の中、圭吾は溜息《ためいき》を洩《も》らした。

門番はいなかったが、門脇《かどわき》の武者窓には灯りがともっていた。武者窓の格子をホトホトと叩いた。

「卒爾ながら」

「へいッ」

と、格子の中で障子が開き、門番らしき若い男が顔を覗かせた。

「手前は、南町奉行所の同心で本多圭吾と申します。能登守様にご報告すべきことがあり、夜分ではございましたが罷《まか》りこしましてございます。お取次のほどを宜《よろ》しくお願い致しまする」

「ええッと……ちょっと待っておくんない」

男の顔が引っ込み、障子が閉められた。

（ま、急なことだし、この時間だァ。そら警戒するわなァ。ただ、南の同心と聞けば、渡邊は必ず会おうとするだろうさ。なにせ、南の奉行は田安家の敵側の鳥居耀蔵だからなァ）

しばらく待たされたが、やがて武者窓の障子がまた開いた。今度は年配の武士が顔を出した。

「主はすでに就寝中ゆえ、家宰の村上《むらかみ》様がお会いになる。それで宜しいか？」

「勿論《もちろん》でございます」

大扉の脇の潜り戸が開き、中間《ちゅうげん》が顔を覗かせて圭吾を邸内へと招き入れた。最前、武者窓で応対した年配の武士に誘《いざな》われて玄関へと向かった。

蒸し暑い中、四方を襖《ふすま》で仕切られた風通しの悪い八畳間に通された。行灯《あんどん》が一つ置かれただけの殺風景な部屋だ。さらに、襖の向こう側には人の気配がある。殺気が物凄《ものすご》い。数名で八畳間を囲んでいる印象だ。

（おいおい。話の内容によっちゃ殺す気満々じゃねェか）

襖が開いて、羽織袴姿の武士が一人、ヨロヨロと入ってきた。座るのも一苦労で、ドシンと尻から畳に落下した。

（大丈夫か？　腰の骨でも折れてねェか？）

他人事ながら不安になる。

「か、家宰の……む、村上である」

耳でも悪いのか大きな声で名乗った。もう相当な老人のようだ。

「あの……先々月のこと、三月二十三日に、田安家御家老職の久世伊勢守様がお亡くなりになられましたな」

「もそっと大きな声で話してくれ。なにせ拙者は爺《じじ》ィ、耳が遠くてな」

「ええっと……」

夜中に大声でする話ではないのだが、聞こえないのでは仕方がない。圭吾は少しだけ声を張り、ことばを区切って分かりやすく伝えることにした。

「能登守様とは、田安家で、御同役の、久世伊勢守様が、お亡くなりに、なられましたな！」

「ああ、然様《さよう》……痛ましいことよ。落馬と卒中が重なったと伺っておる」

「手前、その死因に疑義があり、内々に調べましたところ、久世様の死因は病死や事故死には非《あら》ず……」

「え？　なに？　よう聞こえん」

耳に手を当てて、身を寄せてきた。止《や》むを得ず、圭吾はさらに声を張った。

「ですからァ、久世様のォ、死因はァ、病死やァ、事故死ではなく……」

ガラと襖が開き、白絹の寝間着姿で男が一人入ってきた。腰には脇差《わきざし》を佩《お》び、左手に大刀を持っている。

「痴《し》れ者、声が大きいわ！」

と、圭吾に顔を寄せ、怖い顔で睨んできた。

四十代後半の大柄な武士だ。絹の寝間着を着ているところを見れば、渡邊能登守本人と思って間違いなかろう。四千石ともなれば、家士も三一侍《さんぴんざむらい》ばかりではなかろうが、家宰や用人でも百石、二百石が精々である。とてもではないが、絹の寝間着は着られまい。圭吾は反射的に平伏した。

能登守は、平伏する圭吾のすぐ前に、胡坐《あぐら》をかいて座った。話の危ない内容を察したのか、息がかかるほどに距離が近い。

「ワシが渡邊能登じゃ。お前、南の定町廻か？」

「御意ッ」

平伏のまま、頭を上げずに答えた。

「久世殿の死因、病や事故でなければ、なんだと申すのか？」

「狙撃による謀殺」

間髪《かんはつ》を容《い》れずに答えた。

「そ、狙撃？　謀殺だと？」

能登守は息を呑《の》み、天井を仰いだ。

「爺イ、外せ」

と、背後に控えたまま、目を瞬かせている家宰に命じた。老人は、能登守に一礼すると部屋からヨロヨロと退去した。

「有り得ない。久世殿が倒れたのは下谷《したや》広小路《ひろこうじ》じゃ。大勢の人の目と耳があったのだ。銃声をどうごまかした？」

「気砲という特殊な鉄砲を用いたやに思われまする」

圭吾はここで面をあげ、能登守に簡単な気砲の原理と、発射音がほとんどしない旨を伝えた。

「これを御覧下され」

と、懐から懐紙に包んだ気砲の弾を取り出し、行灯の明りが届くところに手を伸ばして能登守に示した。

「鉛の弾のようじゃな」

能登守は、少しひしゃげた鉛弾を掌《てのひら》に受け取り、興味深げに転がして眺めた。

「これは、伊勢守様の喉の奥から摘出致しました」

「喉奥から？」

能登守は鉛弾を転がすのを止《や》め、弾を凝視した。

「腑分《ふわ》けを執刀した蘭方医《らんぽうい》によれば、口の中に弾を撃ち込まれ、喉の奥の太い血の管を破ったのが死因であった由にございます」

「待て。遺体の喉の奥から摘出したと申したな。まさか、お前、墓でも暴いたのではあるまいな」

「暴き申した」

「三千石の旗本の墓をか？」

「御意ッ」

「上役がよく許したな」

「独断で仕《つかまつ》りましてございます」

「なんと」

呆《あき》れ顔の能登守が、化け物でも見るような視線を圭吾に向けた。しばらく会話が途切れた。

「そもそも、久世殿を誰が殺した」

「能登守様に、お心当たりはございませんか？」

と、顔を寄せて目を覗き込んだ。能登守も睨み返してきたが、圭吾は視線を逸《そ》らさない。しばらく睨み合った後に、能登守が口を開いた。

「ないこともないが……お前はそれをどうして察した？」

「前任のお奉行、矢部様は探索に理解を示しておいででした。それが久世様が亡くなったわずか二日後に解任され、新たに鳥居様が……」

「鳥居耀蔵だな？」

「御意ッ。南町奉行にお就きになられるとすぐ、それは露骨に、手前の探索に掣肘を加え始めたのでございます」

「前任者の方針を新任の者が覆すのは、よくある話であろう」

「御意ッ。ただ……」

ここで圭吾は顔を寄せ、さらに声を潜めた。

「矢部様は解任以前に『自分は御老中の水野様から睨まれている』と仰《おお》せでした。我ら下賤《げせん》の者の間でも、公方様や水野様と田安様が反目に回っている話は広まっておりまする。鳥居様は水野様の懐刀とも呼ばれるお方、あるいは、久世様の死にまつわる捜査を止めねばならぬ事情でもあったのかな、と見当を付けましてございます」

「返事のしようがないな」

「口の中に弾を撃ち込んだ鉄砲名人の名も凡《およ》そ摑んでおりまする」

「お前……長生きできんぞ」

「御意ッ。すでに手前の配下の岡っ引きは、一昨日斬られて三十間堀に浮きましてございまする」

「ほお、なりふり構わずにやってきよるな」

「手前自身も、最前、武家の四人組に襲撃され申した……で、あればこそ」

圭吾は、再び平伏した。

「こうして田安家御家老様の懐へ飛び込むしか、手立てはなかったのでございます」

「敵の敵は味方ということか？」

「御意ッ」

と、顔だけを上げ、下から能登守を見上げた。

「ま、どこまで力になれるかは話にもよるが……一応は詳しく聞こう。すべてを話してみろ」

能登守がグイと首を伸ばし、圭吾の目を覗き込んできた。

能登守は、圭吾に屋敷内の一室を与え、騒動の顚末《てんまつ》を文章としてまとめるように求めた。翌朝、北ノ丸の田安邸に出勤する折、主人である田安斉匡に読ませるそうな。能登守は警護の武士を二人付けてくれた。

（この二人、俺を守るためにいるのか、それとも、俺を斬るためにいるのか……そこは分からんけどな）

文机に向かって筆を走らせながら、圭吾は内心で苦笑した。

ただ、当面は殺されまい。今の田安家にとって、圭吾は大事な生き証人であるのだから。危ないのは、将軍家と田安家が手打ちとなった場合だ。そうなりそうなら、早めに逃げ出さねばなるまい。

（ま、しばらくはここに匿って貰《もら》うさ。御老中から睨まれている俺は、今はもう死に体だからなァ。ジタバタしても始まらねェや）

圭吾は腹をくくり、一旦は落ち着くことに決めた。

相も変わらず、玄蔵は青梅御嶽神社奥の無二斎道場に暮らし、稽古と奥駆けの日々を送っていた。

四

ある日、由松が「足を挫《くじ》いた」というので、千代と二人切りで奥駆けに出ることになった。

瓜畑《うりばたけ》で熊《くま》を撃って以来、無二斎は玄蔵に、鉄砲を持って奥駆けすることを許してくれている。鉄砲があれば、熊であれ猪であれ、獣の出没に怯《おび》えなくて済むので有難い。安心である。ただ、空梅雨気味であった天模様は、熊を撃った日以後、連日雨の日が続いていた。作物のことを考えれば、梅雨時に雨が少ないのも困りものだが、奥駆けをする身にとって雨は辛《つら》い。奥駆けは修行の一環であり、晴れても降っても同じように実施される。足元は滑るし、視界もよくない。毎夕道場に戻るころには、膝《ひざ》の皮は赤く擦り剝け、全身泥だらけになっていた。

今日も空は黒い雨雲で覆われており、いつ降り出すとも知れない。玄蔵と千代は急ぎ足で斜面を駆け上り、駆け下った。

走りながら千代が、曇り空を幾度も見上げている。雨が降るのはいつものことで、今日だけ気にするのもおかしなことだ。

(天気じゃねェとしたら、時を気にしてるのかな)

時計などない時代である。山で時間を知ろうと思えば、昼なら太陽の位置、夜なら月の位置で知るしかない。

(日暮れが嫌で急いでいるのだろうか)

それでいて千代は、尾根に辿《たど》り着くごとに「疲れた」と言い、休憩を長めにとったから、特に急いでいる風にも見えない。

(なんだろうか?)

訝《いぶか》しくは感じるのだが「確認するまでは必要ない」と思いなし、玄蔵は黙って走り続けた。

途中で羚羊《かもしか》を見かけた。尾根筋にうずくまり、盛んに口を動かし、反芻《はんすう》している。玄蔵たちの存在には気づいているが「この距離ならば大丈夫」と高を括《くく》っているらしい。その距離、およそ一町(約百九メートル)ほどの撃ち上げ——撃ち上げの場合、弾はやや下がるから、半寸(約一・五センチ)ほど上を狙えば、急所に当てられる。

撃ちごろだ。

「撃てば？」

足を止めた千代が、羚羊を指さして促した。

「嫌だ」

「なぜ？」

「撃ちたくない。荷物になるしな」

「ま、そうね」

と、また走り出した。本音を言えば、荷物云々《うんぬん》で撃たなかったのではない。千代と羚羊はよく似ている。少なくとも玄蔵はそう感じていた。手足が長く、群れずに暮らし、人目を避けたがる。感情が無いような目つきも似ている。玄蔵が、妻に対する良心の呵責《かしやく》に責め苛《さいな》まれながらも、千代に惹《ひ》かれていることは確かであり、千代を彷彿《ほうふつ》とさせる獣を「撃ちたくない」と感じるのは、むしろ当然であった。

「あれかなァ」

千代の後方を走りながら、その背中に向けて話しかけた。会話ができる程度の速さで走った方が、結局は遠くまで早く走れる。

「なに？」

前を走る千代が応じた。

「千代さんは、山でアオを見てなにかを感じるかい？」

「そうね……サガリが美味《おい》しい」

少し考えてから麗人が答えた。サガリは羚羊《アオ》の横隔膜である。確かに美味なのだが、もう少し詩的な感想を期待していた玄蔵はゲンナリとした。

（俺も、もういい大人なんだから、浮ついた夢想なんぞしてねェで、現実に生きなきゃダメだよなァ）

と、少しだけ反省した。

道場の北西半里（約二キロ）にある天地沢を右手に見下ろしながら、井戸沢に向かって尾根の中腹を歩いているとき、木々の合間を通して、ただならぬ気配が伝わってきた。

「待てッ、待たぬか！」

との男の怒声がした。

（侍言葉じゃねェか）

バタバタと足音が聞こえる。複数の人が駆けているようだ。遠いような、近いような――山中での音は、大木や巨岩など様々に反響するから、距離感や方角がとり辛いことが多い。千代も足を止め、周囲を警戒し見回している。

「あそこ」

と、千代が沢を隔てた向かい側の斜面を指さした。

尾根の中腹に人影が見える。彼我の距離は、谷を隔てて半町（約五十五メートル）ほどか。女と子供二人が走って逃げており、抜き身の刀を手にした若い武士がそれを追っているではないか。

「た、ただ事じゃねェなァ」

玄蔵が呟いた。

「でも、あの逃げてる女の人って、まさか……」

動揺した様子の千代が、掌で己《おの》が口を押さえた。

曇天で薄暗いが、よく見れば、女は玄蔵の妻の希和であり、彼女が手を繋《つな》いで逃げている幼い娘は、長女のお絹に相違ない。母と娘を守るように、背後を窺いながら最後尾を走っているのは紛れもなく長男の誠吉だ。

「き、希和……」

なぜ彼女らが青梅にいるのか、事態はよく呑み込めなかったが、自分の家族が抜刀した武士に追われていることだけは確かだ。助けに急行したいが、谷を下って沢を渡り、また上っていては間に合わない。三人は斬られてしまうだろう。

「玄蔵さん、鉄砲！」

と、傍らで千代が叫んだ。

玄蔵は躊躇《ためら》うことなく、背中からゲベール銃を下ろした。神速で弾と火薬を込め、撃鉄を起こす。ゲベール銃は先込め式だが火縄銃ではないので、火縄や口薬の心配はなく、ここは早い。

玄蔵は一旦深呼吸をしてから、立ったままで鉄砲を構えた。距離的に問題はない。なんとか見通しもきく。追手《おって》の武士一人を倒せばいい。それだけで家族三人の命は守れるのだ。

若い武士の胸元に狙いをつけた。鈴ヶ森で撃った少年の顔が蘇《よみがえ》った。下谷広小路で撃った久世の大きく開けた口――

（落ち着こう。なにも殺すことはねェんだ。この若い侍を動けなくするだけでいい。どこでも体に当たれば動けなくなるさ）

震えが出る様子はない。いける。

（希和、お絹、誠吉……待ってろよ、今お父《と》うが助けてや……うッ⁉）

引鉄《ひきがね》に指を掛ける右手が、ブルブルと小刻みに震えだした。狙いが定まらない。慌てて地面に腰を下ろし、座り撃ちの態勢に変更して構えた。この方が安定するだろう。

(駄目だ。やっぱり震える)

左手で右手を押さえにかかるが、震えは止まらない。

「千代さん、ふ、震えが出てる！」

「しっかりしなさい！　貴方は父親であり、夫なのでしょ！」

千代が厳しく玄蔵を叱《しか》りつけた。

「撃って！　撃つのよ！」

「駄目だ。狙いが定まらねェんだ。闇雲《やみくも》に撃つと家族に当たっちまう！」

「だからって撃たなけりゃ、殺されるわ」

「駄目だ！　撃てねェよ！」

「玄蔵さん、撃ちなさい！」

千代が叫んだが、震えは段々酷くなるばかりだ。どうしても狙いがつかない。

見る間に武士は三人に追い付き、大刀を一閃《いっせん》、二人の子を庇《かば》って希和が覆《おお》い被《かぶ》さった刹那《せつな》。その背中を氷の刃《やいば》が切り裂いた。

「ああッ！　希和——ッ」

ゲベール銃を放《ほう》り出し、玄蔵は頭を抱えてその場にうずくまった。ゲベール銃は草の生えた斜面を一間（約一・八メートル）ばかりずり落ちて止まった。

玄蔵が顔を上げることはなかった。

子供二人も斬られるのだろうが、その現場を見るには忍びなかったのだ。大事なゲベール銃を投げ捨てたのと同様に、すでに玄蔵は正気でいることを放棄していた。

（恨みもねェ人を、話したことすらねェ人を、俺ァ二人も手にかけた。その罰《ばち》が当たったんだ）

そこまではいい。自業自得である。ただ——

（罰《ばち》なら殺した俺に当たるべきじゃねェのか？　なんで何一つ罪を犯してねェ女房子供が死ななきゃならねェんだよォ。それに、俺を脅して人を殺させた多羅尾や鳥居の野郎に天罰は下らねェのかい？　おかしいじゃねェか。不公平じゃねェか）

玄蔵は天を呪った。

千代が深く溜息をつき、玄蔵の隣に並んで座るのが分かった。

（多羅尾や鳥居に天罰が下らねェのなら、俺がこの手で……）

と、目を開き、己が両手を見つめた。かすかにまだ震えが残っている。

（ふん、震えるこの手でなにができる。復讐なんざできやしねェ。それに、もう人を殺すのは懲《こ》り懲《ご》りだァ）

玄蔵は再び目を閉じた。

（希和、お絹、誠吉……済まねェ。お父《と》うもすぐに後を追うよ。あの世で道に迷わねェように、俺が手を曳《ひ》いてやらにゃあなァ）

鉄砲を使うのか、首を吊《つ》るのか、やり方は決めていないが、自ら命を絶って家族の後を追うことだけは心に決めた。

（手前ェで手前ェを撃つ段になっても、この手は震えるのかなァ）

涙が止《と》め処《ど》もなく流れ落ちた。

「御免なさい」

傍らで千代が謝った。

「べつにあんたの所為じゃねェさ」

「あれは……お芝居なんです」

と、千代が玄蔵の肩に手を置いた。

「な、なんのことだい？」

と、涙を拭うこともせずに顔を上げて千代を見た。

「希和さんとお子さん方は、大丈夫。無事です」

「ど……」

希和と見えたのは、千代の義妹の喜代であり、さらには、背格好と歳格好の似ている無二斎の弟子の男女二人に化粧を施し、お絹と誠吉を演じさせたのだという。追っていたのは若い武士に扮した、塾頭の庄八であるそうな。

「なんでそんなことを？」

呆然《ぼうぜん》として、回らぬ頭で訊いた。

「貴方は大熊を見事に倒されました。手の震えも出なかった。でも心の病が本当に治っているのかどうか、試したかったのです」

「無二斎の命か？」

「私たち皆で話し合って決めました」

「もし震えが出ずに俺が撃ってたら、庄八さんは死んでるところだぜ」

「震えが出ないようなら、発砲の寸前で私が止める手筈《てはず》になっておりました」

「まったく……危ねェことをしやがる」

と、呆れて呟いた。

（希和たちは死んでいない。また会える）

そのことには安堵《あんど》したし、嬉《うれ》しかったが、極度の緊張と絶望の果ての弛緩《しかん》だから、頭がボウッとして、玄蔵は立ち上がる気にもなれなかった。

「それにしても……距離があったたし、薄暗かったからだとは思うが、よく希和たちに化けたな。亭主で父親《てておや》の俺も上手《うま》く騙《だま》されたよ」

「開源さんが描いてくれた御家族の似顔絵を参考にしました」

「あ、あれね。あれを使ったのか」

喜代も、お絹と誠吉を演じた二人の門弟も、玄蔵の家族を知らない。そこで開源の描いた似顔絵を見て容貌を真似《まね》たそうな。むしろ話は逆で、端《はな》からこの目的のために、似顔絵を作ったのかも知れないが、ま、些細《ささい》なことはどうでもいい。

「大層気分は悪いけど、あんたらの気持ちも分からなくもねェ。そりゃ、確かめたいよな。だから、恨んだりはしねェさ」

「御免なさい」

「それからもう一つ……」

玄蔵はゆっくりと立ち上がり、尻や腿《もも》に着いた泥を丁寧に払った。千代に向き直り、顔を近づけ睨みつけた。千代が視線を落とした。

「俺がまだ、全然使い物にならねェってことが、これではっきり分かったたな」

「……はい」

しばらく間を置いてから千代が頷《うなず》いた。

第四章　大襲撃

一

多羅尾は鳥居の役宅に呼び出された。町奉行は激務であり、役宅は奉行所内の奥まった場所にある。常在戦場の心意気やよし。

居室に通されたが鳥居はまだ城から戻ってきておらず、仕方なく広縁に端座して、よく手入れのされた庭を眺めていた。

今にも泣きだしそうな曇り空の下、紫陽花《あじさい》がまだ幾つか咲き残っている。梅雨が明ければ、薔薇《ばら》や向日葵《ひまわり》、池の睡蓮《すいれん》などが一斉に咲き始め、庭は一気に華やいだ夏の顔へと変わるのだ。

（それにしても……蒸すねェ）

多羅尾は、扇子をバッと勢いよく拡げて扇《あお》ぎ、襟元をわずかに寛《くつろ》げて、胸元に風を入れた。

ドンドンドンドン。

熨斗目《のしめ》に裃《かみしも》姿の鳥居が、足音高く広縁を歩いてきて、平伏する多羅尾を黙殺、居室に入ると、荒々しく裃を脱ぎ捨てた。

（おお、御機嫌斜めのようだ……剣呑《けんのん》、剣呑。とばっちりは御免だわなァ）

鳥居耀蔵は、鳥居家に婿《むこ》として入った。実家は林《はやし》家で、代々儒学者として幕府に仕えてきた家柄である。よって頭脳は明晰《めいせき》、老中水野の懐《ふところがたな》刀とも知恵袋とも呼ばれる逸材だ。しかし、その割には短気で衝動的、かつ他罰的な傾向がある。上には従順、下には横柄——概して人望がない。多羅尾も、好きか嫌いかと問われれば、好きな上役とは言い難い。

「多羅尾」

「ははッ」

一言呼びかけて後、鳥居は周囲を見回して、他に人がいないことを確認した。

「玄蔵一家、良庵、千代、開源ら事情を知る者を全《すべ》て殺せ」

「はッ……ええッ!?」

一旦は返事をした上で、頭の中で鳥居の言葉を反芻《はんすう》してから慌てた。

「し、しかし、玄蔵を殺しては、今後、敵の暗殺が困難に……」

「一昨日《おととい》、お前が仕損じた本多圭吾な。田安邸に駆け込んだぞ」

「ええッ」

路地に追い込み、四人で囲んだ。もう一歩のところで、商家の勝手口の鍵が開いており、まんまと逃げられた。

「厳密には田安邸ではなく、田安家家老職渡邊能登守の屋敷に逃げ込んだらしい」

「それは……その……」

多羅尾は、頭が混乱して、なにを言うべきなのかも分からない。

「御老中から、全ての計画は御破算。撤収して『一切の証《あかし》を残すな』との厳命を受けたわ」

御老中とは、当然水野忠邦のことだろう。

「お前が本多圭吾を仕損じた所為《せい》じゃ！」

と、腕を組み、多羅尾を蛇蝎《だかつ》でも見るような目つきで睨《にら》んだ。

老中水野も、鳥居も、御三卿《ごさんきょう》田安家の名が出たことで、怯《おび》え、幕引きにかかっているのだろう。玄蔵以下の事情を知る者たちを抹殺せよとの命令も、只々《ただただ》保身のためなのだ。

「も、申しわけございません」

「話はそれだけじゃ。下がってよし」

「ただ……」

　多羅尾がわずかに抵抗した。

「なんだ？」

「相手は鉄砲名人、どのようにして仕留めましょうか？」

「奴《やつ》は手が震え、鉄砲は撃てぬはずではなかったのか？」

　ギロリと睨まれた。

「はあ……では、そのように」

　平伏しかけたところに、鳥居が声をかけた。

「妻子がおろう。玄蔵の妻子を囮《おとり》につかえ。小人目付《こびとめつけ》を十五人、お前に預けるゆえ、今度こそ仕損じるな」

「ははッ」

　と、改めて平伏した。


　昨日今日と、気持ちよく晴れた。南方の空には入道雲が浮かんでいる。どうやら梅雨が明けたらしい。満を持していた夏蟬《なつぜみ》たちが盛んに鳴き始めた。

無二斎の道場を、小人目付の中尾《なかお》仙兵衛が訪れた。多羅尾から玄蔵宛の書状を預かり、ここまで届けにきたのだ。多羅尾が江戸に帰って行ったのは、四月の十九日だったから、もう一ヶ月《ひとつき》以上も連絡が途絶え、玄蔵たちは放《ほう》っておかれたことになる。多羅尾の振舞いは無責任だとは思うが、この仙兵衛に対して遺恨はない。玄蔵たちは、彼を愛想よく迎えた。

「江戸は如何《いかが》でござるか？」

「こともなく、平穏です」

二刀を佩《お》び、羽織袴姿の仙兵衛が、良庵の問いかけに答えた。髪形も髱《たぼ》の膨らみを押さえて武家風に直している。

中間《ちゆうげん》上がりの仙兵衛だが、これでも歴とした幕府役人だ。ただ、小人目付は最下層の御家人であり、町同心よりさらに身分が低い。町同心の俸給が年に三十俵二人扶持《ぶち》（約九十六万円）なのに対し、小人目付のそれは、わずか十五俵一人扶持（約四十八万円）である。半分しかない。当然、食えないから、内職をしたり、賄賂《わいろ》を受けたりして食いつないでいる者が大半だ。

「この書状の内容は？」

玄蔵が仙兵衛に訊《き》いた。

「さあ、私は知らされていないから」

「この場で読んでもいいですかい？」

「どうぞ、どうぞ」

と、愛想よく頷《うなず》いてくれたのだが、どうも今日の仙兵衛の態度には不自然さが感じられる。

書状を開いてザッと目を通した。玄蔵は読み書きこそできるが、崩し文字を読むのが苦手だ。それを知る多羅尾は、実に分かり易《やす》い文字で書いてくれていたので、千代や良庵を煩わせることなく独りで読み通すことができた。

要は——玄蔵の御用は終了。多羅尾組は青梅の地で解散であるそうな。

さらには、玄蔵の妻子はすでに丹沢の家に無事戻っており、玄蔵の帰りを今や遅しと待っているそうな。「今後は己《おの》が家で、家族四人仲良く暮らせ」と、多羅尾の手紙は結んであった。

「御用は終了？　解散？　藪《やぶ》から棒でござるな」

玄蔵から書状を渡された良庵が、手紙から目を離さずに呟《つぶや》いた。

「ま、これ以上殺さねェで済むなら、玄蔵さんには吉報だろう。俺《おれ》らも元の暮らしに戻れるわなァ」

と、開源が仲間を気遣い、傍らで千代が頷いた。

「で、江戸でなにがあったのでござるか？」

読み終えた良庵が顔を上げ、書状を千代に渡しながら、仙兵衛に質《ただ》した。

「なにかあったのか、なかったのか……私にはよくわからん。今日はただの使いで来ただけで、内容までは詳しく知らされておらんのだ」

そう返答しながら、盛んに額の汗を拭《ぬぐ》った。仙兵衛が大汗をかいているのは、夏の暑さの所為ばかりではあるまい。

玄蔵は二つのことを感じていた。一つは「この男は嘘《うそ》をついている」で、もう一つは「この男は、意外に正直者だ」ということだ。嘘をつかれるのは困るが、今までの堅実な仕事ぶりからしても、中尾仙兵衛という男、根は真面目《まじめ》で誠実な人柄なのだと思った。

「想像ぐらいつくでござろう？」

と、良庵もしつこく食い下がっている。彼も疑念を深めているようだ。仙兵衛は困惑していたが、やがて――

「その……ひょっとしたら、標的の悪人どもと手打ちになったとか」

「手打ち、でござるか？」

「ま、仲直りかな」

「なるほど、それなら分かるでござる」

良庵が口を閉じたので、代わって玄蔵が仙兵衛に質した。

「疑うわけじゃねェが……俺は本当に、丹沢に戻ってもいいんですね？」

「戻るも戻らんも、玄蔵さん、あんたが決めればいいことさ」

「それは多羅尾様も確かに了承済みなんですね？」

「その通りだ」

仙兵衛が頷いた。

「おかしいではござらんか。事情を知らされていないあんたが、どうしてそこだけ確約できるのでござるか？」

「だから、それは……」

また言葉に詰まった。

「良庵さん、もう、いいよ」

玄蔵が、良庵を制した。元長崎阿蘭陀通詞《おらんだつうじ》は不満げに口を尖《とが》らせたが、それでも一応は黙った。

仙兵衛は、様々な言い訳と、愛想笑いを残して山を下りて行った。

「さすがに、これは罠《わな》でござろう」

と、良庵が断言した。もし、玄蔵の妻子が丹沢に戻っているのが本当だとしても、それは玄蔵をおびき寄せ、殺すための囮であろう。なんらかの事情の変化があり、鳥居と多羅尾は「玄蔵の口を封じる気になった」ものと推理してみせた。

「仙兵衛の野郎、しどろもどろになってやがったからなァ。多羅尾め、用済みになれば口封じかい……酷《ひで》ェ奴《やつ》だ」

開源が舌打ちした。

「でも、なぜ玄蔵さんは、良庵さんが仙兵衛さんを問い詰めるのを、途中で止められたんですか？」

「そうそう。『もういいよ』と言われたでござる」

「や、だってそうだろ？」

千代と良庵から質されて、玄蔵が説明を始めた。

「罠だ、嘘だ、囮だと分かっていても、どうせ俺は家族がいる丹沢に行くしかねェんだよ。だとしたら、今ここで仙兵衛を虐《いじ》めても詮無《せんな》いことかな、って」

「飛んで火に入る夏の虫って言葉があるぜ」

開源が嘆息を漏らした。

「火中の栗《くり》を拾うとの言葉もございます」

千代が付け加えた。

「多羅尾は、端《はな》から玄蔵さんの口を封じるつもりでござる。御家族を取り戻すには、戦って奪い返すしかないのでござるぞ」

「そうなるだろうねェ」

「多羅尾はあれでも一応は幕府の役人でござる。さらに、黒幕の鳥居はお偉いさんときてる。丹沢で待ち伏せしている敵の数は相当に多いと思った方がいいでござる。対してこちらはわずか四人……」

「いやいや、丹沢には俺一人で帰るよ」

皆で丹沢に行くのが既定路線のようになっていることに、玄蔵は慌てた。

「俺の女房子供のことで、あんたら三人に迷惑はかけられないから……この場で解散しよう」

「水臭いねェ」

開源が大きな拳《こぶし》で、玄蔵の肩を軽く叩《たた》いた。

「殺されに行くようなものでござるよ」

苛《いら》ついた良庵が、総髪の頭を指先で掻《か》いた。

「玄蔵さんは、手が震える病を抱えてござる。もしそれが治ったとしても、鉄砲は六挺《ちょう》しかない。弾《たま》六発で六人倒して、七人目はどうされるのでござるか？」

厳密には、六挺の内の気砲は、数発の連発がきくのだが、往時の鉄砲が「弾込め」に手間がかかったことは確かだ。

「知らねェよ」

玄蔵が目を剝《む》いた。

「女房子供の命がかかってるんだ。もうこうなったら、破れかぶれさ。刀でもなんでも振り回して戦うよ」

「なるほど。破れかぶれで突っ込んで、貴公が殺された後、御家族は無事だとでも思っておられるのでござるか？」

「そ……」

玄蔵が言葉に詰まった。

結局、四人はまとまって行動することに決めた。多羅尾は、玄蔵とその家族の口を封じると決めたのだ。ある意味、玄蔵以上に事情に通じた良庵たちを、生かしておくわけがない。戦うにせよ、逃げるにせよ、「四人で力を合わせた方がいい」との判断である。

「これからすぐに、丹沢へ向かうのかい？」

開源が玄蔵に質した。

「や、一旦は江戸に戻り、平戸屋さんで弾や火薬類を調達したい。特に、口薬《くちぐすり》の残りが心もとないんだ」

口薬は、火縄銃の火皿に盛る点火薬である。発火し易いように、火薬の粒をより細かく砕いてある。

「江戸経由で丹沢か……道中、見張られているでござろうなァ」

「そりゃね。この場所も江戸への道中も、多羅尾様は見張っておられるでしょう」

千代が言った。

「で、ござろうな」

「今夜、出よう」

玄蔵が決然と言った。

今宵は二十五夜の月である。夜の八つ（午前二時頃）少し前に、ようやく東の空に逆三日月が上る。それまでは闇夜《やみよ》だ。

「夜半過ぎまでは暗い。その暗さに紛れて青梅を抜け出る。夜道を駆けて明朝までに外神田へ着くんだ」

　平戸屋は外神田佐久間町《さくまちよう》にある。

「無理でござるよ。十二里半（約五十キロ）を一晩でなんて」

　良庵と開源が、同時に天井を仰ぎ見た。

「三手に分かれましょう」

　千代が提案した。

「玄蔵さんと私は足が速いから、夜のうちに青梅街道を江戸に向かいます。もし多羅尾様配下の見張り役に気づかれても、着いては来られないでしょう」

　そして、開源と良庵は、青梅からそのまま南下して、山伝いに直接丹沢に向かうというのだ。

「青梅から丹沢までどれぐらいあるのでござるか？」

「大体、九里（約三十六キロ）」

　千代が答えた。

「山から山に移動すれば多羅尾の配下には見つからないだろうけど、俺ら二人で山の中を歩くなんざ無理筋だぜ」

　道に迷うだろうし、崖《がけ》や谷、獣の出没も怖い。

「六挺で八貫（約三十キロ）ある鉄砲も運ばなきゃならねェ」

「山道だと駄馬は使えんでござるぞ」

「良庵さんたちの道案内も兼ねて、庄八さんたちに頼めねェかな？」

「養父《ちち》に話してみます」

千代が頷いた。

庄八以下、無二斎道場の門弟たちなら、奥駆けの訓練を積んでいる。九年前、雪山で玄蔵と千代姉妹は邂逅《かいこう》しているが、あれも幼い子供だけで雪山を踏破する修行の途中に出くわしたものだ。鉄砲運びと丹沢までの道案内ぐらいなら、なんとでも。

衆議は一決した。

二

その日の夕方遅く、身支度《みじたく》を整えた玄蔵と千代は、無二斎の居室へと赴き、暇乞《いとまご》いをした。

「お前さんがここにきて、四十日ほどになるが……」

無二斎が、前屈《まえかが》みになって囁《ささや》いた。

「震えの病を克服できなかったことは事実じゃ。ワシの指導にも落ち度はあったと思う。そこは謝る」

と、座ったまま頭《こうべ》を垂れた。

「そんな……」

恐縮する玄蔵を手で抑え、無二斎は続けた。

「ただ、よい所まできているとは思う。もう少しなのじゃ」

傍らで、千代が同意するように頷いた。

「以前、心と体の齟齬《そご》が『震えの病の原因』と話したことがあるな」

「勿論《もちろん》、覚えております」

「現在のお前の肉体は、以前の丹沢の玄蔵にほぼ戻っておる。理屈で言えば、もうお前は人を撃てるはずなのだ。なにかのきっかけさえあれば、震えは克服できるとワシは確信しておる。二度と人など撃たずに済むのが一番だが、万が一、誰《だれ》かを守るために撃たねばならぬときがきたら、今日のワシの言葉を思い出し、勇気をもって鉄砲を構えてみろ。必ず道は拓《ひら》けよう」

その言葉が、無二斎からの餞別《せんべつ》となった。

玄蔵と千代は、道場に深々と一礼した後、踵《きびす》を返し、陽《ひ》が落ちた森の中を歩き始めた。

「できれば明るくなる前に、平戸屋に着きたいな」

「大丈夫、私と玄蔵さんの脚なら、十分に着けます」

森の坂道を早足で上りながら、小声でやり取りした。

月こそないが、夜空には巨大な天の川が浮かんでおり、それなりに夜目は利く。星明りというやつだ。

奥ノ院で男具那社を拝み、尾根沿いに六町（約六百五十四メートル）歩いて、鞍部《あんぶ》に大杉が黒々と聳《そび》えている場所まできた。樹齢は二百年を越す。天狗《てんぐ》の由来を持つ立派な杉だ。

「右手へ進み、このまま尾根を上れば御嶽神社はすぐです。でも、御師《おし》の集落には多羅尾様の配下の方が居られましょう」

額の汗を懐紙で拭いながら千代が小声で話した。

「見張り役という意味だね？」

暗い中で千代は頷き、話を続けた。

「ここからは、御岳山の西側を巻きましょう。山道ですが御師の集落を通らずに、森の中の参道に出られます。こちらです」

と、左に折れて歩き始めた。

森の中を歩く千代は、時折、空を見上げる。特徴的な樹形の木を幾つか覚えており、それを確認して、今いる地点を知るのだそうな。

（まるで山歩きの玄人《くろうと》だね）

猟師や杣人《そまびと》にとっても、暗い森を歩くときの心得は大事だ。玄蔵の場合、樹形は毎年変わるから、信頼し過ぎるのは危険だと思っている。丹沢では、付近の山の形、大岩、切株、自分たちで約束事を決めてつける「鉈目《なため》」などを総合して現在位置を決めて歩くようにしていた。

辺りの草叢《くさむら》では、夏の虫たちが盛んに鳴いている。瓜畑《うりばたけ》で大熊《おおぐま》を撃ったときには、まだケラが鳴いているだけだった。ほんの十日ほどで虫たちの声が様変わりをしており、玄蔵は季節の移ろいの早さに驚いていた。

四半刻《しはんとき》（約三十分）も経たぬうちに、二人は御嶽神社の一ノ鳥居を潜《くぐ》り、多摩川端へと出た。闇の中をほとんど駆け下った印象だ。先導役の千代は一度も迷わなかった。樹形を覚える山歩き法もなかなか捨てたものではない。これから先は、青梅街道に出る。江戸まで一本道だ。

箱根ヶ崎宿を通過して少し歩いた頃《ころ》、背後から馬の蹄《ひづめ》の音が近づいてきた。左右はカエルが大合唱する一面の田圃《たんぼ》で、身を隠す場所はない。

「このまま歩きましょう。多分追手《おって》です。もし害意があるようなら、倒します」

背後を歩きながら、千代が小声で言った。

彼女は、御嶽神社一ノ鳥居で着替えをした。胴衣と伊賀袴《いがばかま》を脱ぎ、単衣《ひとえ》の小袖《こそで》を着て帯を結んだ。裾《すそ》を端折《はしょ》り、手甲脚絆《てっこうきゃはん》に菅笠《すげがさ》——旅の若い女房に見える。ただ、手にした杖《つえ》は、危険な仕込杖だ。

「わかった」

玄蔵も先を歩きながら小声で返し、左腰に帯びた道中差の柄袋《つかぶくろ》を外した。無二斎道場での四十日間、玄蔵は毎日剣術の稽古《けいこ》を欠かさなかった。元々膂力《りょりょく》も剽悍《ひょうかん》さも持ち合わせているから上達は早かったが、それでも正規の武士と、立ち合うのは気が進まない。

（千代さん頼りだなァ。鉄砲のねェ俺はなにもできねェ。情けねェこったァ）

と、心中で舌打ちしながらも、長脇差《ながわきざし》の柄を握り締め、手だまりを確認していた。

カッカッカッカッ。

蹄の音が迫ってくる。馬の動きに合わせて、カエルたちが順送りに静まっていく。

「二人かたまらないで距離を取りましょう。私は追手の後ろ側に回り込みます。前後から打ち掛かりましょう」

「わかった」

カッカッカッ。

もうすぐそこまで迫ってきた。

「おい、玄蔵さん……待ってくれ」

聞き覚えのある声だ。小人目付の中尾仙兵衛に相違ない。

千代と玄蔵は歩みを止め、後方に振り返った。

小柄な馬が仙兵衛を乗せて駆けてくる。おそらくは、多羅尾が江戸で借りた駄馬であろう。

「一人のようね。よかった」

千代が小声で囁いた。

「でも油断しないで。刀の柄袋を外しているわ」

「おう」

そう低く答えた玄蔵も柄袋は外しており、今や臨戦態勢だ。

(嫌なもんだァ。最近まで仲間だった相手と殺し合うのかい)

ただ、綺麗《きれい》ごとは言っていられない。今の仙兵衛は敵だ。

「伝え忘れたことがあるんだ」

そう一声かけて、仙兵衛は手綱を引き、馬の足を止めた。快活に馬から跳び下りる。

元々は駄馬だから鞍《くら》などは置いていない。筵《むしろ》一枚の裸馬だ。大層乗り難《にく》そうだが、仙兵衛、中間上がりのくせに、なかなかの乗り手らしい。

「多羅尾様から玄蔵さんに伝言があるんだ」

と、歩み寄りながら刀の柄に手をかけた。

(く、来る！)

玄蔵が背後に一歩跳ぶのと、仙兵衛の抜刀が同時だった。

ギンッ。

闇に火花が散った。仙兵衛の抜き打ちを、間に割って入った千代が間一髪、仕込杖の刀身で受けたのだ。周囲のカエルたちは息を潜めている。

玄蔵も慌てて長脇差を抜いた。千代の策に従い、数歩走って、仙兵衛を前後に挟むかたちをとった。

「多羅尾様の命ですか⁉」

逆手に持った仕込杖を構えながら、千代が語気荒く質した。

「仲間だったんじゃねェのかい⁉」

玄蔵が仙兵衛を詰《なじ》った。

「中間なんてのはゴミ屑《くず》みてェな存在だァ。武士にしてもらったときは嬉《うれ》しかったねェ。一生分泣いたよ。今回玄蔵さんを殺せば、鳥居様は俺を徒目付《かちめつけ》に取り立てると約束してくれた。多羅尾様と同格さ。そのためには……仲間だったなんてこたァ関係ねェわ」

一閃《いっせん》、横に薙《な》いできた。

ブンッ。

大きく仰《の》け反《ぞ》り、かろうじて切っ先をかわした玄蔵だが、一歩下がった足が小石を踏んだ。

（しまった！）

よろけた玄蔵をめがけて、仙兵衛が刀を振り上げ突っ込んでくる。

（まずいッ）

「仙兵衛ッ！」

と、叫んだ千代が、仙兵衛の背後から長脇差を突き出す。

ギンッ。

仙兵衛は、刀を振って間一髪で避けた。闇に再び火花が散った。そのまま千代に斬《き》りかかっていく。

（まずは手強《てごわ》い千代さんを倒し、俺は後からゆっくり料理しようって腹か……そうはいくかい！）

剣技に優れる千代だが、男の力で圧倒されている。玄蔵は今躓《つまず》いた小石を拾い上げた。掌《てのひら》に納まる大きさだ。礫《つぶて》には丁度いい。小さく機敏な動きで、仙兵衛の後頭部目がけて石を投げつけた。

ガッ。

「糞《くそ》がッ」

低く唸《うな》った仙兵衛が、石が飛んできたと思《おぼ》しき背後を闇雲に薙いでくる。

ブンッ。

確実に受け流したつもりが、玄蔵の長脇差は空を切った。瞬間、右前腕に衝撃が走り、生温かい液体が肘《ひじ》から二の腕へかけて流れ滴った。痛みこそ感じないが、斬られたのは間違いない。ところが叫び声を上げたのは、玄蔵を斬った仙兵衛の方であった。

「ぎゃッ」

二間（約三・六メートル）先の闇の中から、仙兵衛の断末魔の呻《うめ》きが伝わった。千代が仙兵衛に体当たりし、背中から腹にかけて、長脇差を深々と突き刺したのだ。

仙兵衛は倒れたが、まだ動いている。千代が屈みこみ、鐔を摑《つか》んで首を持ち上げ、手早く喉《のど》に止《とど》めを刺した。

「やられたの？」

仙兵衛の羽織で長脇差の血を拭いながら千代が訊いた。

「ああ、右腕を軽くな」

千代は仙兵衛の軀《むくろ》を転がし、田圃の用水路に落として隠すと玄蔵に歩み寄った。

「見せて」

腕を摑んで傷を調べ始めた。女の温かい手が触れたことが契機となって、傷がジンジンと痛み始めた。

「暗いだろ？　見えるかい？」

「よかった。浅手だわ」

と、背負っていた網袋から晒布《さらしぬの》を取り出し、傷を強く巻き締めてくれた。周囲ではいつしかカエルたちが鳴き始めている。

「人を殺すところ……玄蔵さんに見られたくなかった」

手当をしながら千代が呟いた。

「仙兵衛は本気だった。殺《や》らなきゃ、殺《や》られた」

「……そうね」

千代は晒の端を噛《か》んで裂き、腕に回して結び止めながら頷いた。

「それに、俺も人殺しの仲間さ。あんたのことを、とやかく言える立場じゃねェよ」

「そうね……」

ここで千代の女が弾《はじ》けた。玄蔵に身を寄せて唇を強く押し付けてきた。二人の前歯同士が軽く衝突した。

（お……）

右腕の傷さえなければ、両手で抱きしめているところだが、そうもいかない。左手だけで肩を優しく抱いてやった。やがて千代は身を離した。

「江戸まで玄蔵さんは馬を使って下さい」

「嫌だよ。馬なんて乗れねェよ」

「私が轡《くつわ》を取るから大丈夫。まだ十里（約四十キロ）近くあります。大怪我《おおけが》ではないけど、動くと傷は塞《ふさ》がらないから」

「……分かった」

状況が状況だ。多羅尾が、玄蔵たちの口を封じに掛かっていることがはっきりしたのだ。我儘《わがまま》を言っている場合ではない。

「あんたの言う通りにするよ」

「うん」

千代は、暗い中でも分かるほどに、笑窪《えくぼ》を見せて微笑《ほほえ》んだ。手を伸ばして、玄蔵の頬《ほお》に掌《は》でそっと触れると、半町（約五十五メートル）ほど離れた場所で、のんびりと草を食む駄馬に向かって駆け出した。

三

途中幾度か短い休息はとったが、箱根ヶ崎宿から平戸屋のある神田佐久間町まで、十里（約四十キロ）の道を、二人は三刻（約六時間）で踏破した。夏の夜の暑さもあり、駄馬が中野坂の辺りで足を止め、歩くのを拒絶したほどである。仕方なく駄馬を解き放ち、中野から佐久間町までの二里（約八キロ）を玄蔵は歩くことになった。

「無二斎先生や、道場は多羅尾たちに襲われないだろうか？」

「それは大丈夫です」

前を歩きながら千代が頭《かぶり》を振った。途中は馬に乗った玄蔵と違い、千代はここまで歩き通している。幾ら女忍《くのいち》でも、歩く姿には疲労感が滲《にじ》んでいた。

「なぜ？　俺の人撃ちの話、無二斎先生も御存知《ごぞんじ》なんだぜ。多羅尾が口を塞ごうとするかも知れねェじゃねェか」

千代はしばらく黙って歩き、やがて口を開いた。

「養父《ちち》の道場には、子供は除いても十名からの手練《てだ》れがおります。誰もが一騎当千の忍び。もし多羅尾様が養父の口を塞ぐ気なら、少なくとも三十名からの討手《うって》が必要となりましょう。それだけの人数が、道場から二里以内に近づいた時点で、養父も門弟たちも、山中に散り散りとなって逃げますする。素人に追えるものではありません」

「な、なるほど」

さらには、無二斎は様々な顧客を抱えているという。

「今回の狙撃《そげき》の御用は、幕府御目付鳥居耀蔵様からの御依頼でしたが、養父は他にも御三家の水戸《みと》様、譜代筆頭の井伊《いい》様、薩摩《さつま》様などの御用も幅広く承っております。多羅尾様は勿論、鳥居様も養父の道場には手が出し辛《づら》いかと思われます」

ちなみに、薩摩家は外様《とざま》大名であるが、この時期、相当な力を持っていた。先代将軍家斉の御台所《みだいどころ》は、薩摩家八代藩主島津重豪《しまづしげひで》の実娘であり、重豪は「外様ながらに、将軍の舅《しゅうと》」との立場から、幕政に掣肘《せいちゅう》を加え続けた。もしこの縁組がなければ、薩摩は財政的に破綻《はたん》していたであろうし、二十七年後に訪れる明治維新で、薩摩藩が中心的役割を果たすことは難しかったのかも知れない。

払暁前に佐久間町に着いた。夜明けはまだだが、東の空には細い逆さ三日月が浮かんでいる。このまま陽が上ればやがて見えなくなる不思議な月だ。

夜陰に乗じて路地を進み、平戸屋の勝手口の戸をホトホトと叩いた。

返事がない。勿論、勝手口は施錠されており、開かない。

「どうしよう。店が開くまで待つかい？」

ただ、多羅尾は玄蔵を殺す気なのだ。江戸は安全な場所ではない。

「私が、掛け金を開けて参ります」

「でも、どうやって？」

「お忘れですか？　私、女忍《くのいち》ですのよ」

玄蔵を誘《いざな》い、白塀に向かって屈ませた。

「腕の傷を押さえておいて下さい。暫時《ざんじ》、お背中を拝借しますから」

と、耳元で囁くと、玄蔵の肩を踏み台にして、一間半（約二百七十センチ）はある塀《へい》を難なく飛び越えてしまったのである。千代が肩に乗ったとき、腕の傷が一瞬ズキンと痛んだが、ま、大したことはない。

すぐに勝手口が開き、中から千代が頷いた。

（手慣れたものだわ）

呆《あき》れ驚きながら侵入し、後ろ手で静かに扉を閉めた。

邸内はしんと静まっていた。夏の夜ではあるが、雨戸は閉められている。千代と二人、井戸端に屈んで様子を窺《うかが》った。

（静かというより……空気が重くねェか？）

今は東の空がようやく明るくなり始めたころである。店の者が寝静まっているのは当然なのだが――それにしても、なにかが違っていた。

（虫も鳴いてねェし）

傍らの千代も異変を感じているらしく、身を起こそうとしない。じっと室内の気配を探っている。

「血の臭《にお》いがします」

顔を寄せ、小さな声で囁いた。

玄蔵は黙って頷いた。

ほんのかすかにだが、金臭《かなくさ》い臭いが漂っている。血の臭いと言われれば、確かにそうだろうが、自分の腕の傷からも血は出ている。そちらの臭いかも知れない。

千代がそっと彼方《かなた》を指さした。ここは平戸屋の裏手であり、井戸の向こう側には薄闇を通して、厨《くりや》の腰高障子《こしだかしょうじ》が窺える。よく見れば、それが三寸（約九センチ）ばかり開いており、暑くても雨戸を閉めきる「戸締りのよい大店《おおだな》」にしては、如何《いか》にも不自然な印象を与えた。

千代は仕込杖の鞘《さや》をはらった。抜き身を構え、身を低くしたまま井戸を回り込み、厨へと向かった。玄蔵も長脇差の鯉口《こいぐち》を切り、音を立てないように抜刀してから、千代の後に続く。

千代はそろそろと腰高障子を開き、静かに、かつ機敏に屋内へと侵入した。

厨の土間に入ると、黎明の薄明るさに慣れた目がまったく利かない。しばらくその場に屈んで、目が屋内の暗さに慣れるのを待った。

「では、参りましょう」

しばらくして千代が囁き、二人して奥へと歩を進めた。

障子や襖《ふすま》が破れたり倒れたりしている。白い障子には黒々とした模様が窺えた。

「やはり血ですね」

黒い模様に鼻を近づけて嗅《か》いだ千代が、振り返って囁いた。

障子の陰には、寝間着姿の女が倒れていた。千代が抱き起すと、ダラリと腕が畳に垂れた。死後の硬直は遺体の一部で始まっていたが、全身にまでは及んでいない。殺されてから二刻(約四時間)といったところか。

「夜半過ぎに押し入ったようだな」

「袈裟《けさ》に深々と一太刀……武家の、それもかなりの手練れの仕業でしょうね」

女の遺体を調べて千代が呟いた。

立ち上がった千代は、抜き身を仕込杖の鞘に納めた。

「大丈夫かい?」

「賊はもうこの家には残っていません」

そう言い捨てて歩き出した。玄蔵も長脇差を納刀してから後を追った。

三間続きの奉公人の寝室には、十ほどもの遺体が重なるようにして転がっていた。まさに血の海で、歩くとズブズブと夜具や畳がぬかるんだ。これだけの数が、同じ場所で殺されているということは、寝込みを襲われ、その場で一斉に斬られたということだ。

(賊は、腕っこきの侍の集団か……)

鳥居耀蔵の酷薄そうな容貌《ようぼう》と、多羅尾の毛むくじゃらの太い腕が、玄蔵の脳裏を過《よぎ》った。

（これは間違いねェだろう……奴らの仕業だァ）

口封じの一環として、多羅尾の配下たちが押し入ったとしか思えない。狭間《はざま》筒《づつ》や気砲の調達で事情を知る佐久衛門《さくえもん》を、奉公人ごと抹殺したものと思われた。

（佐久衛門様まで、巻き添えにしちまったようだな）

この状況で、佐久衛門一人が無事ということはあるまい。恩人でもある佐久衛門の安否を確かめようと、玄蔵は倒れた襖を踏んで先へと進んだ。

「ああ、なんてこったい」

見覚えのある部屋——襖絵に世界や日本の絵地図を用いた客間に、平戸屋佐久衛門はうつ伏せの姿勢で倒れていた。玄蔵は部屋に踏み込み、佐久衛門の肥満した体を抱き起こして調べたが、彼はすでに事切れていた。最前の寝間着の女と同程度の死後硬直が認められる。夜半過ぎに踏み込まれ、主人から奉公人まで一斉に殺されたのは間違いない。

大きな円卓の上には、幾冊かの書物が拡げられており、床には、地球儀と倒れた洋式の椅子が数脚、転がっていた。

表では段々と夜が明けてきているようで、雨戸の隙間《すきま》から朝の明るさが射しこんできていた。

「調べものでもされていたところを、襲われたみたいですね」

佐久衛門とは初対面の千代が呟いた。

佐久衛門は胴を抜かれた上に、背後から斬り下げられていた。挙句《あげく》に喉まで突かれ、止めをさされている。確実に息の根を止めるよう、命じられていたのだろう。

「酷いことしやがる」

呟いた玄蔵が、見開かれたままになっている佐久衛門の両瞼《りようまぶた》を、手で閉じさせたその刹那《せつな》――

ガタッ。

舞良戸《まいらど》が閉まった押し入れの奥で物音がした。

千代と玄蔵は反射的に抜刀し、音の方へ向けて身構えた。

押し入れに左右から接近、二人で目配《めくば》せし合い、玄蔵が舞良戸をガラと開けた。

「助けて！　殺さないで！」

子供だ。前髪の少年だ。覗き込む玄蔵に怯《おび》え、震えている。

「あんた、この店の子かい？」

「はい。小僧です。丁稚《でっち》です。なにも知りません。だから、殺さないで」

と、泣き伏した。

「俺は佐久衛門様によくしてもらっている丹沢の玄蔵という者だ」

「え、丹沢の玄蔵さん？」

泣いていた少年が、急に顔を上げた。

玄蔵は、佐久衛門の遺体を寝所まで運び、布団の上に寝かせて合掌、その後客間に戻ってきた。

新八《しんぱち》と名乗る十三歳の丁稚は、千代と向かい合って椅子《いす》に座り、小声で話し合っていた。大分落ち着きを取り戻したようだ。表はもう完全に明るくなっているが、雨戸は開けておらず、勿論、灯《あか》りも点《つ》けていないから室内は薄暗い。

「昨夜《ゆうべ》、私は厠《かわや》に立ちました……九つ（午前零時頃）前後かと思います」

少年は、ほんの二刻（約四時間）前に起こった惨劇を訥々《とつとつ》と語り始めた。


用を足しているところに、大人数の足音が早足で廊下をやってくる気配を感じ、新八は厠内の暗がりに身を潜めた。扉が開き、覆面をした黒装束の男が顔を覗かせ、厠内を見回したが、新八には気づかず、扉を閉めて立ち去ったという。

「ギャ――――ッ」

店の仲間たちの悲鳴、嗚咽《おえつ》、呻《うめ》き声、建具の壊れる音がしばらく続き、やがて静かになった。大人数の足音が去り、厠で震えていた新八も恐る恐る廊下へと出た。殺戮《さつりく》が行われたとの想像はついていた。死体や血を見るのが恐く、奉公人用の寝所に戻る気にはなれなかった。

（し、寝所に戻っている暇なんぞねェや。そうだとも。一刻も早く、自身番なり御近所なりに報《しら》せるのが私の役目なんだからな）

自らの気の弱さを糊塗《こと》し、正当化させる言い訳を自らに言い聞かせた新八が、表に出ようとしたところに、主人佐久衛門の呻く声が低く聞こえた。

「だ、だれか……」

（だ、旦那《だんな》様の声だ……や、気のせいかも知れねェ、きっとそうだ。気のせいだ）

新八は善良で真面目な少年だ。しかし、どうしても殺戮の現場だけは目にしたくなかった。佐久衛門の声に背を向けて歩き出そうとした瞬間――

「た、助けて……」

苦しげな声はさらに追ってきて、新八の良心に縋《すが》りついた。

（だ、駄目だ……旦那様は生きておられるんだ。逃げるわけにはいかねェ）

観念した新八は、声のする客間へと向かった。

開けっ放しの障子の陰から恐々《こわごわ》覗くと、寝間着姿の佐久衛門が円卓の下に腹這《はらば》いになって倒れているのが分かった。

「だ、旦那様」

「新八か？」

「へいッ」

主人の傍らに駆け寄り、助け起こそうとしたが、肥満している佐久衛門は重くて動かない。

「医者を呼んで参ります」

一礼して駆け出そうとする小僧を佐久衛門が止めた。

「大層血が流れたから、私はもう助からない」

佐久衛門の下には広く血溜《ちだ》まりが出来ている。

「そんな……」

新八の両眼から止めどなく涙が流れ落ちた。

「なにしろ今回は相手が悪い。どこの何方《どなた》様か知らないが、もめる相手を間違えた。このままだと、平戸屋の身内は皆殺しにされかねない」

「旦那様……」

新八が泣きながら頷いた。

「いいか新八、よく聞くんだぞ……」

十日後に江戸湊《みなと》に来航する平戸屋の持ち船「天栄丸《てんえいまる》」は、佐久衛門の実弟である菊《きく》次郎《じろう》が船頭を務める弁《べ》財船《ざいせん》だ。

「死にたくなかったら、上陸するな。船から下りるな。船も荷も全部やるから、シャム（現在のタイ）でも、ルソン（現在のフィリピン）でも、ジャガタラ（現在のインドネシア）でも、好きな土地に行って暮らせ。この国を出て二度と戻るな……そう菊次郎に伝えるんだ」

「へい、旦那様」

「新八、お前もだよ。お前も上総《かずさ》の実家になど帰らず、菊次郎の船に乗って新天地を目指した方がいい。これはワシの遺言……」

ギギッ。ギッ。

「あ……」

廊下の先から重たい足跡が、ゆっくりとこちらへやってくる。

「新八、押し入れに隠れなさい。見つかるな」

佐久衛門が声を小さく絞って命じた。

「隠れるなら、旦那様も御一緒に……」

うつ伏せで横たわる体を引《ひ》き摺《ず》ろうとするが、重くて動かない。

「馬鹿者。私のように太った男があんな狭い所に入れるものか。さ、主《あるじ》の最後の下命だ。新八、一人で押し入れに隠れなさい」

ギギッ。ギギッ。

足音が近づいてくる。

「だ、旦那様……」

泣く泣く新八が押し入れに隠れ、舞良戸を閉めたとき、足音の主がのっそりと客間に入ってきた。

「ああ、なんてことだ」

野太い声が、嘆息混じりに呟いた。言葉遣いからするに武士か。独り言であろうが、如何にも嫌そうだ。不満タラタラだ。

「ほら、まだ動いとるではないか。肥えた男はすぐには死なんからなァ。どうしてワシがこういう汚れ仕事ばかりを……」

押し入れで息を殺す新八は、耳をそばだてていた。

「こ、この人殺しが……」

佐久衛門が唸った。

「黙れ痴《し》れ者《もの》！　楽にしてやろうとの仏心《ほとけごころ》が分からんのか」

「な、なぜワシらを殺す？　ワシらがなにをした？」

「五月蝿《うるさ》い。往生せいッ」

ドスッ。

「ううッ……」

不快な音がして、一声呻いた後、佐久衛門は沈黙した。

「あらら、まだ血が流れてやがる……嫌だ嫌だ。おい佐久衛門、お前、なんちゅう死に顔をしとる？　ワシを恨むなよ。恨むなら鳥居を恨め、よいな、間違うな」

それだけを言い残して、声の主は悠然と廊下を歩み去った。

声を挙げてはいけないと、新八は両手で己が口を強く押さえていた。その所為か、頭がジンジンと鳴り始め、いつしか新八は気を失った。

「それで、今押し入れの中で目が覚めたと？」

「へい」

「佐久衛門様に止めを刺した野郎は、確かに『鳥居を恨め』と言ったんだな？」

「トリか、トリイか……多分」

新八が自信なさそうに頷いた。

「愚痴っぽいところも、やはり多羅尾様風ですけどね」

千代が辟易《へきえき》した様子で呟いた。

「俺の所為だ」

玄蔵が肩を落とした。

「俺が、佐久衛門様を、妙な仕事に巻き込んじまったんだからなァ」

「気持ちは分かるけど……」

千代が玄蔵の肩に手を置いた。

「そういうことは、今考えるべきことではありません。危険はまだ目の前にあるのですから」

「ま、そうだな」

「私、旦那様の御下命は御下命として、人死にがでていることでもあり、やっぱ御奉行所には届けた方がいいような気も致しますが」

新八の言葉は、普通なら至極当然なことだ。

「それが新八さん、今回は駄目なんだよ。下手をすると賊の頭目がお奉行様御自身かも知れねェんだ」

「え……」

さすがに黙った。

「だからあんたは、このまま黙って天栄丸に乗るしかねェのさ。その方が安心だと思うぜェ」

と、玄蔵が話をまとめた。

その後、新八から、蔵にある各種鉄砲の弾と玉薬《たまぐすり》、口薬と火縄を分けて貰《もら》った。これで多羅尾たちとも戦える。

玄蔵と千代は丹沢に向け、新八は深川《ふかがわ》に住むという叔父の家を目指して、それぞれ夜明けの平戸屋を後にした。

四

外神田の佐久間町から丹沢の玄蔵家まで、凡《およ》そ十八里（約七十二キロ）の旅となる。

まず赤坂《あかさか》へ出て、以降は大山街道《おおやまかいどう》を南西に向って歩き、松濤屋敷の傍らは忍び足で通り過ぎ、多摩川を渡り、荏田宿《えだしゅく》に一泊した。

玄蔵と千代は、夫婦という体《てい》で同じ部屋で寝た。昨夜以来、色々なことがあり過ぎた。しかも都合十五里（約六十キロ）以上も歩いている。疲労困憊《こんぱい》しており、並んで敷かれた布団で眠ることには——少なくとも玄蔵の方は——躊躇《ためら》いも、興奮も、恥じらいも感じなかった。無論、性欲も一切湧《わ》かなかった。千代は風呂《ふろ》に入ったが、玄蔵は傷を膿《う》ませるのが心配だったので、入浴は控えた。夕食を食べるとすぐに夜具へと体を投げ出した。

「明日は、いよいよ丹沢ですね」

灯りを落とした暗い部屋の中で、千代が呟いた。

「ああ、多羅尾とケリを付ける」

「殺し合いになるのかしら？」

「相手次第だ。なるようになるさ」

「大変だ……」

その後、会話は途切れた。二人は虫の音を聞きながら五刻（約十時間）近くも昏々《こんこん》と眠り続けた。

よく寝たことで翌朝は体が軽かった。右腕の傷の具合も悪くない。二人は荏田宿を発《た》ち、一路伊勢原を目指した。体力が快復したその分、頭は余計なことを考えるようになった。

（昨夜、俺は千代さんに「なるようになる」と言ったが、多羅尾が希和たちを囮に使うからには「力ずく」になることは避けられねェ）

今後の展開を考えると、暗澹《あんたん》たる思いに駆られた。

（多羅尾は、俺が六挺の鉄砲を持っていることを知っている。幾人の配下を連れて来るのかが問題だなァ。十人以上になると手に余る。それに俺の鉄砲は万全じゃねェ。いざドンパチとなったとき、この手が震え出しやがったらどうすんだ？）

ジッと己が手を見つめ、長い嘆息を漏らした。ふと、傍らを歩く千代が自分を見つめているのに気づき、慌てて手を下ろした。

「な、なんだい？」

精一杯に取《と》り繕《つくろ》った笑顔を向けた。

「荏田宿でよく眠って体が元気になったら、余計なことが頭に浮かぶようになったのでしょ？」

「そ……」

さすがに口籠《くちごも》った。まるで心の中を見透かされているようだ。

「す、すまねェ。考えても仕方ねェことを……俺、因果《いんが》な性質《たち》なんだわ」

「謝ることはありません。私も同じですから」

千代が表情を変えずに言った。

(ええっと……今のは、千代さんなりの冗談だったのかなァ。笑うところかなァ。笑えねェけどなァ)

仕方なく、玄蔵も黙って歩いた。目の先には、懐かしい丹沢の山並みが連なり、稜《りよう》線《せん》が切れ落ちた陰には夏の富岳が、黒々とそびえて見えた。

「あのさァ」

沈黙に焦《じ》れた玄蔵が口を開いた。

「多羅尾のことだ。街道には見張りを立てているだろうと思って」

「幾人もね」

二人は並んで歩きながら言葉を交わした。

「私たちが日向川《ひなたがわ》に向かわず北に行くから、見張りの衆はさぞ驚くでしょうね」

と、嬉しそうに呟いた。

玄蔵は気づいた。千代は上機嫌なのだ。これから殺し合いが始まるのに？　ひょっとして玄蔵と二人切りの道中を、楽しんでいるのかも知れない。

(だとしたら、これから俺の女房子供を命懸けで助けるってのは、千代さんの中では、どういう塩梅《あんばい》になってるのかねェ？)

なにか、とてつもなく虫のいい頼み事をしているような気がしてきた。女の好意に甘えすぎているのではないか——

「千代さん」

「え？」

「手を……繋《つな》ぎませんか」

「ど、どうしたの？」

意外な言葉に驚いて、千代が歩みを止めた。今日の大山街道、旅人の姿は疎《まば》らだ。

「俺たち、この旅では夫婦の体だし、勿論それは芝居なんだが……手でも繋いだ方が、自然かなって思ってさ」

「あの……」

瞬間、千代の頬が朱に染まるのを見て、玄蔵は彼女の手を摑んで歩き出した。千代も抗《あらが》うことなく、俯《うつむ》き勝ちに黙ってそのままついてくる。

傍から見れば、仲の良い若夫婦の旅姿であった。ただ、美しい若妻が突いている杖は、一昨日の夜に人の血を吸っており、男前の亭主の手は、二人の人を殺《あや》め、その罪の意識から「震えの病」を発症している——そこだけが少し外見とは異なるこみ入った事情を内包していた。

一旦馬入川《ばにゅうがわ》（相模川《さがみがわ》）を渡り、その近くを流れる玉川《たまがわ》沿いの道を北へ向けて歩いた。川の畔《ほとり》には葦《あし》が生い茂り、初夏の風を受けて嫋《たお》やかに揺れている。穏やかで、長閑《のどか》な風景だ。

分岐があり、左の川に分け入れば日向川となり、一里（約四キロ）遡れば玄蔵の家だ。しかし、玄蔵は右手へ進んで、玉川の本流に沿ってさらに北へ歩いた。七沢《ななさわ》に向かうつもりである。七沢は山間《やまあい》の鄙《ひな》びた湯治場《とうじば》であるが、そこからふた山越えた谷太《やた》郎沢《ろうさわ》に、玄蔵は猟師小屋を一軒持っていた。猟師小屋とは、猟師が自分の猟場に幾つか置く苫屋《とまや》だ。多くは、木組みに杉や檜《ひのき》の樹皮を被《かぶ》せただけの一時的な避難所である。急に天候が悪化した場合、日が暮れてしまった場合などに使った。重たい猟具の置き場としても重宝する。

良庵や開源と合流する場所は、この七沢奥地の狩猟小屋と決めていたのだ。

今後は山道や沢筋を歩くことになる。千代は繁みに入って、若妻風の小袖姿から女忍らしい伊賀袴姿へと装束を着替えた。

「良庵さんたちを案内してくれる庄八さんに確かめたら『谷太郎沢』を知っていなさったよ。大して有名な場所でもないのに、驚いたなァ」

渓流に沿って続く林道を歩きながら玄蔵が呟いた。

「庄八さんは秩父から丹沢にかけて、山の生き字引みたいな人ですからね」

庄八は、無二斎の門弟二名に六挺の鉄砲を担がせ、青梅から丹沢まで良庵と開源を連れてきてくれているはずだ。

午後遅くに斜面を下ると、谷底に掘立《ほった》て小屋が見えてきた。小屋全体から煙が湧いている。煙突がないので、中で火を焚《た》くと、こういう仕儀となるのだ。

「小屋の場所は確認しました」

千代が、周囲を見回しながら言った。地形や山の形を覚えているのだろう。

「私、玄蔵さんのお宅を物見《ものみ》して参ります」

「今からかい？ 陽が暮れちまうぞ」

と、心配したのだが、千代は止まらない。荷物を玄蔵に託し、坂を猛烈な速さで上っていき、すぐに視界から消えた。

(女忍か……もの凄《すご》いねェ)

と、感心しながら坂を下った。

小屋の中で火を燃やしていたのは、先着していた良庵と開源だった。二人は、二日に亘《わた》る山行で疲れ切っており、炎の傍らで死んだように眠っていた。

天保十二年の五月二十七日は、新暦に直すと七月十五日に当たる。渓流沿いの山中で、若干涼しいとはいえ、火を焚く季節ではない。

「暑くねェのかい？」

「それは暑いでござるよ。でも、火を焚くと蚊や蚋《ぶゆ》が寄ってこないでござるからな」

流れる汗を拭いながら良庵が弁解した。汗をかくと、臭いに釣られて、余計に蚊や蚋が集まってくるものだ。火を焚かねば眠っていられなかったのだろう。

玄蔵はゲベール銃を掴んで小屋の外に出た。右腕の傷が射撃にどう影響するのか、しないのか、確かめたかったのだ。立放ち、腰放ち、片膝《かたひざ》放ちと姿勢を変え構えてみたのだが、然程《さほど》の違和感はない。むしろ傷が痛む分、右腕から余計な力が抜けて塩梅がいい。実際に撃ってみるのが一番だが、多羅尾が放っているであろう物見に気づかれるのは嫌なので自重した。

「で、庄八さんは？」

ゲベール銃を置いて、玄蔵が訊いた。

庄八らは、良庵と開源を狩猟小屋に送り届けると、すぐに青梅へと帰って行ったそうな。

「休む間も無くかい？」

千代と庄八は同族であると確信した。

「だから俺ァ『出発は明日の朝にしたらどうだ』って言ったんだよォ」

「遥々《はるばる》送ってもらって失敬ではござるが……あいつら、人ではないでござるからなァ。森の獣と大して変わらんのでござるよ」

珍しく、良庵が毒舌を吐いて笑った。

その「人ではなく、獣に近い」側の一人は、陽が暮れてしばらく経ってから、ようやく狩猟小屋に姿を現した。

「希和さんと二人のお子さんは、無事、家に戻っておられました」

汗を拭いながら千代が報告した。さすがに疲れているようだ。

「元気そうだったかい？」

「言葉を交わしたわけではないですが、遠くからお見受けしたところでは三人ともお元気そうでした」

千代の左の口角が、少し下がったような気がした。

四人は狩猟小屋から出て、戸外で焚火を囲んでいる。小屋の中に煙が立ち込めると害虫は寄って来なくていいが、やはり暑さがしんどい。沢の畔なら風が抜けるし、焚火があれば虫の害も然程ではないから、ここの方がいい。

千代は、玄蔵家の周囲の森に潜み、様子を窺ったという。

希和と二人の子供は、五ケ月《いっつき》の間留守にした家を片付け、雨戸を開けて風を通し、夜具を干し、掃除をしていたとのこと。

「普通に暮らしてるじゃねェか、案外多羅尾は、本気で玄蔵さん一家を解放する気なんじゃねェかな？」

「だとしたら、仙兵衛の襲撃はなんだったんだ？　殺されかけたんだぞ」

玄蔵が開源の楽観論に反論した。

「あ、そうか」

「見張りは？」

良庵が訊いた。

「姿は見えませんが、周辺の森に身を隠し、家を見張っています。ただ、蚊を叩いたり、排泄《はいせつ》したりもしていますので、然程ピリピリはしていません。かなり油断していると思います」

「数は？」

「凡そ、十五人」

「糞ッ、多いな」

開源が右の拳で左の掌を叩いた。

「多羅尾はいたか？」

「分かりません」

「いずれにせよでござる」

良庵が議論に割って入った。

「御家族の救出は、今夜のうちに、闇に乗じて決行すべきかと思うでござる」

「夜襲だね」

開源が腕を擦《さす》った。

「でも……」

千代が首を捻《ひね》った。

「幼い子もいることですし、闇の中で鉄砲を撃つ……大丈夫かしら？」

「確かに、闇と鉄砲は相性が悪い」

玄蔵が千代の心配に同調した。

「狙《ねら》いも距離感も狂い易い。しかも、俺自身が腕や自信を落としてるからなァ。鉄砲を撃つなら明るいときの方がいい」

「しかし、昼日中《ひるひなか》に十五人の武士相手に戦うのでござるか？　拙者は、弾込め程度しか役に立たないでござるぞ？」

「十五人は……多いよなァ」

と、玄蔵が呟き押し黙ると、焚火の周囲を沈黙が支配した。

周囲の森で鳴き交わす夏の虫たちの声が、ひと際高まった。

（やっぱ、無理筋だァ）

「私に一計があります」

思い詰めた様子で千代が小さく手を挙げた。

「ただし、この策には危険が伴います。一か八かの捨て身の策です」

「聴こうではござらんか、で、どうやる？」

良庵が身を乗り出した。

五

玄蔵の家は、日向川を見下ろす高台の一軒屋だ。日向川は、玉川の支流である。要は、大山詣《もう》での際に辿る鈴川《すずかわ》の、もう一つ北側の沢だ。沢筋に沿って集落が続き、途切れ、さらに五町（約五百四十五メートル）ほど上った森の中にポツネンと一軒きり立っていた。人里から離れた辺鄙《へんぴ》な住まいだが、造りは豪奢《ごうしゃ》である。祖父のころから腕のいい鉄砲猟師として鳴らし、それなりに蓄えも増え、父親の代にやっと建てた家だ。

夜の四つ（午後十時頃）過ぎ、玄蔵家の西側の斜面から火の手が上がった。ここ十日ほど丹沢は好天に恵まれ、林床の草叢は乾燥しきっている。火は瞬く間に燃え広がった。

「うがッ」

森の中に潜んでいて、山火事に炙《あぶ》り出された小人目付の一人が、背後の闇から忍び寄った千代に喉を切り裂かれて絶命した。これが一人目。

玄蔵は開源と二人、繁みの中に身を潜めていた。手には、連発のきく気砲を抱いている。

「玄蔵さん、これから人を撃つんだぜ。右手の震えは大丈夫かい？」

開源が耳元で囁いた。

「大丈夫も糞も……もうすでに震えが出てるんだ」

気砲を持つ手がプルプルと小刻みに震えていた。

「どうすんだよォ！」

開源が目を剥いた。

「こ、腰放ちで撃つさ。震えが出なくなるほど胴体に強く押しつけて撃てばなんとかなる」

「本当かよ……おい、右から標的が来たぞ」

と、軽く玄蔵の肩を押した。

玄蔵は藪《やぶ》の中でわずかに腰を浮かせた。気砲の台座を右腰に押しつけて安定させる。右手の震えはかろうじて止まった。「ふう」と大きく息を吐く。引鉄を引いた。

バスッ。

腰放ちで発射された弾は、見事に駆けてくる敵の眉間《みけん》に命中、小人目付は声を挙げる間もなく崩れ落ちた。これで二人目だ。

「やったァ。お見事ォ」

「こ、これでいこう」

腰放ちとは、現代でいう「腰溜め撃ち」である。鉄砲の台株を射手の下腹か腰に押し付けて撃つ射撃姿勢だ。これだと右手の震えが気にならない一方、照準が大雑把になるので至近距離でしか当たらない。ただ、山火事の炎の明るさを頼りに、敵味方が入り乱れる超接近戦で使うならこれで十分だ。

バスッ。

山火事から逃げ出してきた小人目付がまた倒れた。気砲は、溜めた空気が無くなるまで数発は連続して撃てる。これで三人目だ。

「開源さん、行こう」

「おう」

玄蔵は、開源と組んで森の中を走り回りながら小人目付を幾人か倒した。玄蔵が射手、開源が鉄砲類を担いで補佐する態勢である。

今回の策を考案した千代は「とにかく動いて」と念を押していた。数で不利な側が火攻めで奇襲するのはいいとしても、同じところで戦ってはいけない。始終動いて、居場所を敵に特定されないことが肝要だ。

「待てッ」

藪の中を走る玄蔵と開源の前方に、抜刀した小人目付が二人立ちはだかった。山火事の炎のお陰で、敵味方を見間違えることはない。

バスッ。

「ぎゃッ」

躊躇いなく一人を射ち倒した。次弾を放つべく、神速で撃鉄を引き起こし、腰溜めの体勢で銃口を向ける。

「下郎が――ッ」

藪を踏み分け、刀を振り上げたもう一人の小人目付が目の前に迫った。

間一髪で引鉄をひく。

ブスッ。

発射音が変わった。弾が出ない。

（ああッ、しまった）

幾人かを倒したので、溜めに溜めたはずの空気が減ってしまったのだ。空気の切れた気砲はただの鉄製の棒にしか過ぎない。

ザザザザザ。

「死ね――ッ」

鬼の形相で敵が迫る。炎に照らされた様は、まるで赤鬼。

「わわッ」

腰が砕けて藪の中で尻《しり》もちをついてしまった。

ザザザザザ。

（き、斬られる）

敵が迫る。恐怖で顔を背けた刹那――

ドゴ――――ン。

暗い繁みに、四尺（約百二十センチ）あまりの火柱が吹き出し、大刀を振り上げた小人目付は、横腹に十匁《もんめ》（約三十八グラム）の鉛を撃ち込まれ、一間（約一・八メートル）近くも吹き飛ばされて絶命した。

なにが起こったのかわからず周囲を見回すと、傍らで開源が十匁筒を抱えたままひっくり返っている。

「は、初めて撃ったが、十匁筒の威力はもの凄いなァ……こりゃ、癖になるわ」

「開源さん、助かったぜ」

「ハハハ、いいってことよォ」

山火事の炎に照らされて、大男が哄笑《こうしょう》した。

ザザザザザ。

銃口からの火柱を見たのか、他の小人目付たちが藪の中を駆け寄ってくる。多勢に無勢は承知の上だ。一ヶ所に止まらず動き回ることが肝要である。開源を助け起こして駆け出した。

「ギャッ」

背後の闇で悲鳴がした。男の声だ。千代がやったのだろう。千代も動き回って、一人また一人と敵を葬《ほうむ》っているようだ。

見れば火の粉が、屋根に飛んでいる。

「い、いかん！」

慌てた玄蔵が急に足を止め、開源が追突しかけて止まった。

乾燥した茅葺屋根《かやぶきやね》は火に弱い。瞬く間に燃え上がり、炎が屋根の傾斜を這《は》い上り始めた。すぐ家全体に火が回るだろう。

「良庵さん！」

闇のどこかで千代が叫んだ。

「了解でござる！」

千代が火攻めを考えたとき、炎が屋根に燃え移ることは想定済みだった。その場合、身を潜めていた良庵が家に突入し、玄蔵の妻子を救い出す手筈《てはず》になっている。文弱の極みで、斬り合いや格闘が苦手な良庵には適役だ。手にした武器は扱い易い二匁筒。玄蔵から習った通り、火縄の火を確認し、火蓋に親指をかけた状態で、炎上する玄蔵の家に向けて突進した。

良庵は、勝手口の腰高障子をガラと開けて突入した。灯りこそ消されていたが、周囲の山火事と茅葺屋根《かやぶき》が燃え始めていることで室内は明るかった。

玄蔵の妻子は囲炉裏傍《いろりばた》に座らされ、抜刀した小人目付が見張っていた。

「希和さんでござるか？」

「はいッ」

玄蔵の妻子の顔は、開源の絵でしか知らない良庵が確認した。

「曲者ッ」

ドンッ。

斬りかかってきた若い小人目付は、二匁筒で撃ち倒した。土足のまま板敷に駆け上がった。

「良庵、裏切ったか！」

多羅尾だ。抜刀した多羅尾官兵衛がいる。

「お前、阿蘭陀に渡航するという夢を捨てる気か？」

「どうせ口封じする気でござろう。渡航は生き延びた後に自分で考えるでござる」

「痴れ者ッ」

と、切っ先を向けたので反射的に、二匁筒の銃口を向けた。

「今撃ったばかりではないか！　弾は入っておらんわ」

ハッタリを看破された良庵は、火縄銃を棍棒《こんぼう》のように握り、半狂乱となって振り回し始めた。

「いええ――――ッ」

「この馬鹿が、乱心しおって！」

必死の抵抗に恐れをなした多羅尾は退《ひ》いたが、傍にいたお絹の襟首を掴み、強引に肩へと担ぎあげた。

「止《や》めてッ」

縋りつく希和を乱暴に蹴り倒し、多羅尾は屋外へと駆け去った。

「大丈夫でござるか？」

慌てて希和を助け起こした良庵の腕に、誠吉が燃え盛る薪《まき》を押しつけた。

「ギャッ！」

温厚な良庵が薪をはらい、少年に目を剝いた。

「な、なにをする！　拙者は味方でござるぞ」

「もう誰も彼も信用できねェ！　お母ァから手を離《つか》せ！」

七歳の少年が逆上して薪を振り回す。この半年間のあまりの理不尽と不当な扱いに、人間不信を募らせていたのだろう。

「三太丸屋のとりなし』『三太丸屋《さんたまるや》のとりなし』」

良庵は希和から離れ、二匁筒を床に置いた。

誠吉は母親を後ろ手に庇《かば》いながら、燃える薪を良庵に向け、警戒を解かない。

「落ち着いて拙者の話を聞くでござる。いいか？　『三太丸屋《さんたまるや》のとりなし』『三太丸屋のとりなし』でござるぞ」

一瞬、母と子の表情が変わった。

「玄蔵さんが、あんたのお父《とっ》つァんが『これを言えば味方だと伝わるから』と仰《おっしゃ》ったでござる」

「せ、聖母様のことだわ」

希和は、外国の人名に不慣れな玄蔵に配慮し、サンタ・マリアを日本風に三太丸屋と教えた。人の罪深さについて真剣に訊いてきた夫に「三太丸屋は、人の罪を許すようデウスにとりなしてくれる優しい御方」と伝え安心させたのだ。この時代、基督教《きりすときょう》の信仰は禁忌である。夫婦の内々で交わされた会話を、玄蔵が誰か余人に語ったとしたら、よほど信頼している相手に相違ない。

「誠吉、この人、お父《と》うの仲間よ」

「え、本当に？」

誠吉、威嚇《いかく》していた薪をオズオズと下した。

「だから……初めからそう言っていたでござろうよ」

火傷《やけど》の痛みに顔を顰《しか》めつつ、良庵がヘナヘナと座り込んだ。

「あの……娘を、お絹を！」

希和が座り込んだ良庵を急《せ》かせた。

「そ、そうだ！　忘れとったでござる」

良庵が跳び上がった。


大泣きするお絹を抱え、多羅尾は夜道を里に向けて逃走していた。

「まて多羅尾！」

玄蔵の声に、多羅尾は足を止めて振り向いた。半町（約五十五メートル）後方から玄蔵が六匁筒を構え狙っている。その傍らには、五挺の鉄砲を担いだ大男と、血刀を提げ、肩で息をする女忍が寄りそっていた。

多羅尾は、左腕に抱いたお絹の細い喉に、刀の切っ先を突き付けた。

「止めとけ玄蔵。無理を致すな。お前の『震えの病』はまだ完治しておらん。下手に撃つと愛娘《まなむすめ》に当たる……」

ダ――――ン。

長く尾を引く銃声と同時に、多羅尾の手から刀が吹き飛んだ。問答無用である。

「あぁッ⁉」

多羅尾官兵衛――今まで刀を持っていた右手が、今はなにも握っていないのを、只々呆然《ぼうぜん》と眺めるばかりだ。

玄蔵は、すぐに開源から装塡《そうてん》したゲベール銃を受け取り、多羅尾に照準した。

「たくさん殺させて貰ったからなァ。慣れとは恐ろしいもんだァ。お陰様で今はもう、悪党を撃つ分には『震えの病』はまったく出ねェよ」

確かに、玄蔵の右手は一切震えていない。

玄蔵は多羅尾の眉間を狙ったままゆっくりと歩を進め、五間（約九メートル）にまで間合いを詰めた。

「者ども、ここだァ。ここに玄蔵はおる。早くきて討ち取れ。恩賞も出世も思いのまま。早い者勝ちだぞ」

と、大声で四方の森に呼びかけたが、木々の燃える音がするばかりで返事がない。

「誰も来ませんよ。生き残った幾人かの皆さんはお逃げになりました。近くにいる小人目付衆は横たわる軀ばかりです」

血刀を提げた千代が、低く抑えた声で言った。

「な、なるほど……よぉし、ワシも武士だ。よく分かったァ」

五間先で、多羅尾が右手を頭上に差し上げた。

「ワシの負けだ。謝ろう。済まん。ほら、娘さんも返すぞ」

多羅尾はお絹を地面に下した。

「さ、父御《てご》のとこへ行くがよい」

背中を押された娘は、泣きながら五間を走り、父の太腿《ふともも》に抱きついた。

「これにて一件落着。恨みっこ無し……よいな玄蔵？」

「馬鹿か、お前は！」

ゲベール銃を構えたまま玄蔵が一喝した。

「こらこら……う、撃つなよ。降参しとるんだぞ」

と、玄蔵の怒りを恐れた多羅尾が、両手をより高く上げた。

ド――――ン。

十匁筒の重たい銃声が木霊し、多羅尾の頭に乗った丁髷《ちょんまげ》が吹き飛んだ。髷を失くした多羅尾の髪は、バサラと落武者風に肩へと垂れ下がった。

「あ、あ、危ないじゃないかァ！　撃つなと言うとろうが！　ワシは悪人ではない。

上役の命に従ったまでだ。ワシは善人だ。本物の悪人は鳥居耀蔵である」

多羅尾が見苦しく弁明している隙に、玄蔵は開源から装塡済みの六匁筒を受け取り構えた。

「戦《いくさ》はもう俺らの勝ちなんだ……冷静にな」

と、受け渡しのとき、開源が囁いた。玄蔵は頷き返し、大きく息を吐いた。そして、多羅尾の眉間に照準を定める。

「そうかい……善人のお前を撃つわけにはいかんなァ」

「そうだとも、善人を殺すと後生が悪いぞ、ガハハハ」

多羅尾は両手を上げたまま笑ったが、その笑顔はやはり引《ひ》き攣《つ》って見えた。多羅尾も怖いのだ。

「で、善人の多羅尾様は、これからどうなさるおつもりで？」

「鳥居のところに行く。鳥居とは明後日《あさって》に松濤屋敷で会うことになっている。その場で『お前らは全員死んだ』『皆を殺した』と伝える。そうすれば、もう二度と追手がかかることはあるまい。死人を口封じする必要もないわけでな、分かるか？　ハハハ。以降は、家族そろって気儘《きまま》に暮らせばそれでよい」

「でもよォ。その後、自分だけがなぜ口封じされないと思えるのか、その辺の能天気《のうてんき》さが俺にはよく分からねェ」

「と、鳥居が……ワ、ワシの口まで封じると申すのか？」

「しねェかなァ？」

「しないはずがないでござろうよ」

希和と誠吉を連れた良庵がやってきて玄蔵と合流した。

「あんたァ」

「お父う」

妻と長男が玄蔵にすがりつき、太腿に抱き着いていたお絹共々、久し振りで家族四人が一つになった。その光景を見て、開源と良庵は目を細めたが、なぜか千代だけは目を伏せた。

玄蔵は、三人を抱きしめてやりたかったが、今はゲベール銃を構えているのでそれはできない。

「鳥居の目から見れば、我らは皆同じ虫けらでござるからなァ」

良庵が、多羅尾の説得を続けた。

「で、その場合……多羅尾様、あんたも我らと同類なのでござるぞ」

「な……」

多羅尾はゆっくりと両手を下ろし、哀れなほどに肩を落として落胆した。

急に辺りが明るくなった。玄蔵の家全体に火が回り、一気に炎上したのである。父の代に建てた瀟洒《しょうしゃ》な森の一軒家が、巨大な火柱となり崩れ去っていった。

六

幕府徒目付の多羅尾官兵衛は、約束の八つ（午後二時頃）少し前に松濤屋敷へと入った。待ち合わせをしている江戸南町奉行鳥居耀蔵はまだ来ていないという。多羅尾は母屋《おもや》の広縁に胡座《あぐら》をかき、よく手入れのされた庭を眺めて待つことにした。

明日からは六月である。今年は閏《うるう》一月があったから、六月といえばもう完全に夏だ。木立を透かして眺める青空には入道雲が湧き、木々の梢《こずえ》では夏蟬たちが喧《やかま》しく鳴き交わしていた。

一昨日、多羅尾はある経緯《いきさつ》から髷を失った。

二日やそこらで髪が生えそろうわけがない。それは無理というものだ。落武者風の髪形で奉行に会うのも恥だから、当然「付髷」で誤魔化《ごまか》している。惨めだが仕方がない。

（玄蔵の奴、無礼にもほどがある。ワシがあれだけ目をかけてやったのに……まさに

恩を仇《あだ》で返された。飼い犬に手を噛まれたのだ。あの忘恩の徒めが、地獄に堕《お》ちろ。三途《さんず》の川で溺《おぼ》れてしまえ)

玄蔵の一撃により「髷を飛ばされた」のがよほど屈辱的だったのだろう。さらには、丹沢から江戸までの帰途でも大恥をかかされた。一文字笠《いちもんじがさ》を被っていれば落武者風の髪形であることは知られずに済むのだが、暑いし、つい茶店で忘れて笠をとってしまったのだ。当然、大勢が声を潜めて失笑していた。あの汚辱は、生涯忘れられない――否、忘れない。

(しかも玄蔵の奴は、こともあろうにワシを脅して悪事に加担させようとしておるではないか、あの悪党めが！)

ただ、冷静に考えてみれば、玄蔵や良庵の言説に、一定の条理が含まれているのも事実なのだ。

(確かに、平戸屋から玄蔵の妻子までの口を封じ、完全なる証拠隠滅を目論《もくろ》む鳥居が、ワシ一人を生かしておくはずがないものなァ)

「鳥居は必ず、あんたを殺すよ、ね、多羅尾様」

(実に口惜しいことだが、玄蔵の言葉には一本筋が通っておる。大体……お、来やがったなァ)

と、慌ててその場で平伏した。廊下の彼方に、半袴姿の鳥居耀蔵が悠然と歩いてくる姿が見えたのだ。

上目遣いに、鳥居の前後を探る。

(よおし……誰もいないようだな)

多羅尾の報告は、家臣にも聞かれたくない内容だと決まっており、鳥居一人できているようだ。

「待たせたな」

「鳥居様」

「ん?」

広縁で平伏する多羅尾の前を通り過ぎ、書院に入ろうとした鳥居が足を止めた。

「あの……御報告の内容が内容でございますので、この広縁にてお話しさせて頂きとうございます」

壁や天井に目や耳がある屋内より、吹《ふ》き曝《さら》しの屋外で話す方が密談には適しているものだ。

「うん。然様《さよう》か」

鳥居は、多羅尾のすぐ前に座った。息がかかるほどの距離だ。

「結論から申します。首尾よく玄蔵以下全員の息の根を止めましてございます」

「妻子は？」

「殺しました」

「うん、でかした」

鳥居は莞爾《かんじ》と微笑み、多羅尾を見て深く頷いた。表情が緩んでいる。如何に安堵したかが伝わった。

「ただ、もう一人だけ、どうしても口を封じねばならぬ者がおりまする」

「誰だ？」

「……ごめん」

多羅尾は軽く会釈をし、鳥居の背後に回った。

「それは……あんただよ」

と、背後から鳥居を羽交い締めにして動きを封じた。鍛え上げた多羅尾の膂力《りょりょく》はもの凄い。鳥居如きが抗える力ではない。

「なにを致すか！　多羅尾、気でも振れたか！　止め……」

鳥居が「止めろ」と叫びかけた刹那――トンと小さな衝撃があり、鳥居は目と口を大きく開いたまま動きを止めた。

「……鳥居様？」

多羅尾が呼びかけたが返事がない。

「鳥居様！」

今度は鼻を摘まんで少し揺すってみたが、やはり反応がない。鳥居は死んでいると確信した。

「ああ、ナンマンダブ……」

と、ぞんざいに片手で拝んで、遺体となった鳥居を広縁に横たえた。左右を窺った後、懐から晒布を取り出すと、覆い被さるようにして鳥居の口の中を覗き込んだ。

「ほお、出血は案外少ないものだなァ」

独言しながら晒布を突っ込み、喉の奥に滲《にじ》んだわずかな血を拭い取った。

「これでよし」

頷いてから背後を振り返り、木立の奥にチラと視線を送った後——

「お奉行様ッ、鳥居様ッ」

と、大仰に遺体を揺すっては、芝居がかって大声を張り上げた。

「誰かァ！　一大事じゃ！　鳥居様がご病気じゃ！　お奉行様が倒れられたぞ」

——かくの如し。鳥居耀蔵は死んだ。後日、南町奉行所は死因が卒中死であることを幕府に伝えた。

　松濤屋敷の傍らの人通りのない道を、みすぼらしい物乞いの夫婦が歩いていた。腰も曲がった薄汚い老夫婦だ。亭主の方は、おそらくは全財産であろう大きな荷物を背負っている。

「お見事でした」

　物乞いの女房が亭主に囁いた。

「気分が良かったぜ。どうせなら多羅尾も一緒にやっちまおうかと思ったぐらいだ」

と、物乞いの亭主に扮した玄蔵が、その女房を演じる千代に微笑みかけた。

　殺した鳥居の背後には、老中水野忠邦や将軍家慶が本当に居たのかも知れないが、幸いにも多羅尾や玄蔵は、彼らに会ったことがない。間を繋いでいた鳥居が死んだことで、多羅尾組と将軍や老中との接点は完全に途切れた。だから今後、幕府のお偉いさんから刺客を差し向けられる心配はまずなさそうである。

「ただ、問題がまだ一つございます」

　千代が囁いた。

「例の本多圭吾ですよ」

「ああ、詮索《せんさく》好きな同心な」

「本多は、鉄砲名人の丹沢の玄蔵までは辿り着いていた。鈴ヶ森では狭間筒が使われ、新黒門町では気砲が使われたこともほぼ掴んでいた」

「だから殺そうとしたんだろ？　俺が撃てなかっただけで……」

蔵の屋根での失態を思い出し、玄蔵が少し苛《いら》ついた。

「多羅尾様によれば、今現在、本多は田安様に匿われてるそうよ」

「御三卿の田安家か？」

物乞いの亭主が目を剝いた。

「鳥居は死にましたが、後任の南町奉行が誰になるかによりましょう。もし反水野側の……つまりは田安側の奉行が就任すれば、本多は大手を振って捜査を再開するでしょう。我々はまだ追われるということです」

「だからって……本多圭吾を撃つのは嫌だぜ」

「そんなことは申しませんけど」

「そもそも、人事を巡る争いで田安側が勝つなんてことがあるのかい？　公方様と御老中が組んでるんなら最強じゃねェか。新奉行は水野側で決まりだろう」

水野派が新奉行に就けば、本多が本件を嗅ぎ回ることは出来まい。玄蔵たちは枕を高くして眠れる。

「そうかも知れませんが、先月に始まった大改革とやらが大層不評らしいから、御老中もこの先どうなるか分かりゃしませんよ」

国を挙げて綱紀粛正と質素倹約に励む——政策としての可否は兎も角、各方面から大きな反発を受けそうだ。

「多羅尾様が仰るには、たとえ新奉行を水野派が押さえたとしても、田安家が本多に命じ、秘密裡《ひみつり》に捜査を続けさせる可能性もあると。なにせ田安家の家老が殺されているわけですし、どうしても水野派による謀殺を立証したいところでしょうから」

「つまり、鳥居を殺したぐらいじゃ話は終わらねェ。俺らはまだまだ追われるってことかい？」

千代は頷いて、さらに言葉を継いだ。

「玄蔵さんは、御家族と一緒に、天栄丸で江戸を離れるべきだと思います」

「参ったなァ……ま、丹沢の家も焼けちまったことだし身は軽いよ。千代さんが仰る通り、天栄丸で江戸を離れるとするか」

玄蔵は寂しげに呟いて、気砲を隠した背中の荷物を背負い直した。

「で、あんたは、どうなさるね？」

「私は、青梅に帰ります」

「あ、そう」

しばらく黙って歩いた。もうすぐ道玄坂《どうげんざか》だ。周囲には長閑《のどか》な田園が広がっている。

「私、このまま青梅に向かおうかと」

「江戸湊にはこないのかい？」

「はい」

渋谷で別れようと千代は言った。彼女は青梅に向って北へ進む。玄蔵は江戸湊に向って東へ歩く。

「どうして一緒に来ない？　良庵さんや開源さんも別れぐらい告げたいだろうに」

「でも……」

千代は俯き、黙って歩を進めたが、やがて玄蔵に顔を向けた。

「私の中にも、ほんの少しだけど女が残ってるんです。玄蔵さんと御家族が幸せそうにしているのを見るのは辛いから」

「そ……」

言葉が出なかった。玄蔵の不甲斐無《ふがいな》さから一線こそ越えていないが、玄蔵と千代が互いに求め合っているのは隠しようもない事実だ。

（だからって俺になにができる？　このまま千代さんと一緒に青梅に行くのか？）

忍びの夫婦として、よい相棒になれそうではあるが、残された妻子はどうなる。恋焦がれて、拝み倒して夫婦になってもらった希和を裏切るのか。この半年、辛い思いをさせた幼い誠吉とお絹を父無し児《てて》にするのか。なに一つ落度の無い家族を見捨てるのか。

（そんなこと、俺にできっこねェわ）

千代に返すべき言葉が浮かばず、黙って歩いた。

「一つだけ、お願いを聞いて下さいな」

「え？」

玄蔵は千代を見た。

「この前みたいに、手を繋いで下さい。渋谷まででいいから。手を繋いで」

千代の両眼には涙があふれている。

「うん……」

玄蔵は右手で千代の左手を握った。腕の傷がズキリと痛んだ。

物乞いの夫婦は、なにも喋《しゃべ》らずに、道玄坂をゆっくりと下っていった。

終章　猟師という生業《なりわい》

薄い山並みが水平線に張り付いて見え、その彼方《かなた》に夕陽《ゆうひ》が沈もうとしていた。

弁財船《べざいせん》「天栄丸」は、右舷からの強い陸風を巨大な一枚帆で受け流しつつ、舳先《へさき》を西へ向け、かろうじて間切っていた。

間切る——風上に向かって帆走することを指す。

この時代の和船でも、横風とか、やや前方からの風なら、帆に風を流すことで、なんとか前へ進めた。揚力という概念を知らずとも、風に向かって飛ぶ海鳥たちが、羽ばたかずに浮いているのを見て、船頭たちは着想を得たのかも知れない。

玄蔵は一人船縁《ふなべり》に立ち、彼方の陸地に沈む夕陽を眺めていた。船も帆も索具類も、玄蔵自身も、すべてが赤く染まって見える。時候は盛夏で暑いには暑いが、海上では風が抜けるから比較的に過ごしやすい。むしろ喧《やかま》しく鳴き交わす蟬《せみ》の声がしない分、ふと夏であることを忘れた。

江戸湊《みなと》を発《た》って二日。お絹が軽い船酔いを患ったが、それも治まり、家族四人は至って快調である。

「夕涼みでござるか」

呼ばれて振り向くと、良庵と開源、それに平戸屋で丁稚《でっち》奉公をしていた新八が立っていた。良庵の腕には晒布《さらしぬの》が分厚く巻かれている。誠吉に薪《まき》を押し付けられたときの傷だ。

「良庵さん、火傷《やけど》の具合はどうだね」

「全然、大丈夫でござるよ」

と、笑顔で晒の上から軽く叩《たた》いて見せた。

事情があることとはいえ、誠吉の父親として玄蔵は良庵にしばらくは頭が上がらないだろう。ま、これは仕方がない。

「新八さんの具合はどうだね？」

玄蔵が訊《き》いた。

「や、もうすっかり元気です。俺《おれ》がちゃんと生きないと、亡くなった旦那《だんな》様に申し訳がたたないですから……はい」

十三歳の少年は十日ほど前に平戸屋で初めて会ったときに比べ、各段に大人びて見えた。あの時の彼は、まるで怯《おび》えた小動物のようだった。でも今は違う。堂々とした

長など望めない。

前向きの気骨が感じられる。
苦労や悲惨を重ねても、それだけで人が成長するわけではない。大事なのは禍事《まがこと》を如何《いか》に受け止め、乗り越えるかであろう。不運を嘆き、恨み言を言ってばかりでは成長など望めない。

(少なくとも新八さんに関しては、よい方向に出たんだろうなァ)

新八は、良庵に弟子入りし、外国語を学びたいと希望している。その良庵はこの天栄丸で、阿蘭陀の植民地であるジャガタラまで行くつもりだ。そこからなんとしても阿蘭陀本国に渡ろうと考えている。開源と新八と三人で力を合わせ、異国の地で人生を切り開こうというのだ。その心意気やよし。

天栄丸は、九州、琉球《りゆうきゆう》(沖縄)、高砂国《たかさごこく》(台湾《タイワン》)、ルソンを経てジャガタラを目指している。新八から佐久衛門の訃報と遺言——船も荷もやる。貿易を生業《なりわい》として海外で気儘《きまま》に暮らせ——を聞き、また、平戸屋が奉公人を含めて「皆殺し」に遭《あ》ったことなどを勘案、船頭の菊次郎が出日本国の決心を固めたのだ。当時の日本は鎖国中である。一度国を出れば、二度と戻らない覚悟が必要だ。

菊次郎は、佐久衛門の実弟である。兄ほど肥えてはいないが、風貌《ふうぼう》にはどこか面影があり、玄蔵の心中には、懐かしさと無念さがこみ上げた。

「江戸湊で、本多圭吾が乗り込んで来たときには、驚いたでござるよ」

良庵が首筋を掻いた。

「俺もさすがに『もう駄目だ』と観念したねェ」

開源が苦く笑った。

話は二日前の江戸湊に遡《さかのぼ》る――

弁財船などの大型船は、大川《おおかわ》（隅田川《すみだがわ》）の河口、霊岸島界隈《かいわい》の江戸湊に投錨《とうびょう》するのが常であった。十分な水深があり座礁《ざしょう》の不安がないからだ。一般に、荷は江戸湊で艀《はしけ》に移され、霊岸島に密集する各大店《おおだな》の蔵まで運ばれるか、河川や掘割を通って各地へ運ばれるかした。天栄丸は佐久衛門の遺言に従って荷を下ろさないから、従って艀も寄って来ない。

幼い誠吉とお絹は、千石船《せんごくぶね》になど初めて乗ったから大いにはしゃぎ、その時も、甲板を駆け回って遊んでいたものだ。子供たちの様子を眺めながら船縁で良庵や開源と話し込んでいたとき――

「あれ、奉行所の同心《どうしん》じゃねェか？」

と、誰《だれ》かが囁《ささや》くのが耳に入った。

（なんだ？）

と、見る彼方——一艘の艀が天栄丸に向けて漕ぎ寄ってくる。黒羽織姿の武士が一人乗っており、その顔には見覚えがあった。霊岸島の蔵の屋根から見た顔だ。

「おいおい、ありゃあ、同心の本多圭吾だぞ」

長身の開源が、少し身を屈めながら呟《つぶや》いた。

「やっぱり思った通りでござったな。邪魔な鳥居が居なくなったので、田安家の御威光を背景に本多が探索を再開したのでござろうよ」

「ど、どうする？」

玄蔵も慌てたが、幸いにも先方は自分や良庵の顔を知らないはずだ。逆に開源は昔、小伝馬町《こでんまちよう》の牢屋《ろうや》で顔を合わせたことがあるらしい。ただ、弁財船には外部からの客人も数多くいる。彼らに紛れていれば然程《さほど》には目立たないだろう。開源は船倉に隠れるとしても、玄蔵と良庵は開き直って、堂々としていることにした。

「誠吉さん、お絹坊……おじちゃんと一緒にお母《つか》ァのとこに行こう」

「うん」

「はい」

二人は開源に手を引かれて船倉へと下りていった。子供たちも、同心の目にはつかない方がいいだろう。どこでどんなボロを出すやら知れたものではない。

圭吾が甲板に上がってくると、船頭の菊次郎が慇懃《いんぎん》に応対した。玄蔵と良庵は湊の風景を楽しむ風を装ってさりげなく歩み寄り、大胆にも二人の会話に聞き耳を立てた。

「そりゃ仰天しましたわ。皆殺しって……兄貴は他人《ひと》から恨みを買うような男じゃなかった……やはり盗賊の仕業ですかい？」

「さあ、そこまではまだ分かっておらん。ま、いずれ捕まえるさ」

と、圭吾が己が胸の辺りをポンポンと叩いた。

その言葉を聞いた玄蔵は、内心でほくそ笑んだ。

(俺たちは本多の手が届かねェ場所へ逃げ出すが、江戸に残る多羅尾は、本多に街中を追いかけ回されるぞ……ザマをみやがれ、へへへ)

相変わらず、多羅尾嫌いの玄蔵であった。その多羅尾は、なにも知らぬ顔で徒目付《かちめつけ》のお役に戻っている。目付の配下として普通に奉公を続けているそうな。

「明朝には奉行所の方で船荷を調べさせて貰《もら》う。なに、形だけの調べさ。よって、明朝までは出港せぬようにな。よいな」

「旦那、夜のうちに出港する弁財船なんぞおりませんよ」

菊次郎が顔の前で手を振って苦笑した。

今日の圭吾は、足止めに来ただけらしい。

「では、また明朝に会おう」

と、退去しかかった圭吾が、玄蔵の前で足を止めた。

「おい、お前？」

玄蔵、冷や汗が背筋を伝って流れ落ちた。

（俺の面を知ってるはずもねェが……）

「へい、あっしですかい？」

自分の鼻を人差指でさし、わざとおどけて見せた。

「いい面の色だなァ……まるで栗《くり》の皮だ。そういうのを潮焼けっていうのかい？」

玄蔵の顔の色が黒いのは「潮焼け」ならぬ「山焼け」であろう。

「さあ、どうなんですかね……そもそも地黒だからねェ、へへへ」

「ハハハ、そうかい」

と、機嫌よく船縁から艀へと下りていった。

（ああ、びっくりした……脅かすなよ）

どっと疲れが出た。

「な、玄蔵さん」

鋭い目で同心の背中を追っていた菊次郎が、低い声で呼びかけた。

「今夜のうちに出航するぞ」

「へい」

と、頷《うなず》いた。どうせ天栄丸は、二度と日本に戻らないのだ。奉行所の言いつけに反したところで、どうということはない。夜陰に紛れて、大海原へ飛び出すことに決めた。


――二日前に、そんなことがあった次第だ。

今は船縁に良庵らと四人で並び、夕陽を眺めながら雑談している。

「千代さんは、無二斎先生の道場に戻ったんだよなァ？」

開源が訊いた。

「そう……らしいな」

本人に代わって玄蔵が答えた。

「青梅が一番安全でござろう。多分、次の仕事が待っているでござろうからなァ」

「千代さんなら、引く手数多《あまた》だろうさ。腕がいいし、気風《きっぷ》がこの手の荒い仕事には向いてるからなァ」

開源が千代を褒めた。

「つかぬことを伺うが……千代さんとはなにも無かったのでござるか？」

「そ、そらそうですよ！　なにも無いに決まってる！」

珍しく立ち入ったことを訊いてくる良庵に、玄蔵が目を剝《む》いた。

「これは失敬、不躾《ぶしつけ》なことを伺ったでござる」

玄蔵は良庵の謝罪を受け入れたが、やはり気まずさは残った。良庵たち三人は、玄蔵一人を残して船縁を離れた。

また一人になった。

（結局は、一人なんだ。俺ァ元々一人猟師だしな）

胸に大きく潮風を吸い込んだ。

（別に、どこでもいいじゃねェか）

獲物《えもの》が多くいそうな土地でこの船から降ろして貰おう。それが四国であれ九州であれ、はたまたルソンであれシャムであれ——山があり森があって、獣がいる限り、鉄砲の腕と狩猟の技を生かせばどこでも家族を養っていけるはずだ。

「俺は、それでいい……それがいいんだ」

赤い夕陽を眺めながら、生粋《きっすい》の一人猟師が呟いた。

本書は、ハルキ文庫（時代小説文庫）の書き下ろし作品です。
企画協力　アップルシード・エージェンシー

時代小説文庫
い26-3

闇《やみ》夜《よ》の決《けっ》闘《とう》 人《ひと》撃《う》ち稼《か》業《ぎょう》㊂

著者 井《い》原《はら》忠《ただ》政《まさ》
2024年3月18日第一刷発行

発行者 角川春樹

発行所 株式会社 角川春樹事務所
〒102-0074 東京都千代田区九段南2-1-30 イタリア文化会館

電話 03(3263)5247[編集] 03(3263)5881[営業]

印刷・製本 中央精版印刷株式会社

フォーマット・デザイン＆シンボルマーク 芦澤泰偉

ISBN978-4-7584-4623-5 C0193

http://www.kadokawaharuki.co.jp/[営業]
fanmail@kadokawaharuki.co.jp[編集] ご意見・ご感想をお寄せください。

井原忠政の本

人撃ち稼業

時は天保十二年。丹沢で熊獲《と》り名人と呼ばれている玄蔵《げんぞう》は、恋女房の希和《きわ》とふたりの子どもと共に幸せに暮らしていた。そんなある日、御公儀徒目付《ごこうぎかちめつけ》の多羅尾《たらお》と名乗る武士が突然玄蔵の元にやって来て、「お前、江戸に出て武家奉公をしてみないか」という。どうやら己の鉄砲の腕が欲しいらしい。とんでもないと断ろうとした玄蔵だが、「お前の女房は耶蘇《やそ》なのか」と脅され、泣く泣く多羅尾と共に江戸へ……。孤立無援の玄蔵を待ち受けている苛酷な運命とは!?　人気作家による、手に汗握る熱望の書き下ろし時代小説、新シリーズ。

井原忠政の本

殿様行列
人撃ち稼業 二

凄腕の鉄砲撃ち・玄蔵《げんぞう》が、江戸に連れてこられて早やふた月。与えられた仕事は「悪人である大身を、世のため人のために撃つ」こと。あまり気の進まない玄蔵に、御公《ごこう》儀徒見付《ぎかちめつけ》の多羅尾《たらお》は「しくじれば、お前の女房子供の人生も終わる」と冷たく突き放す。標的である並び鷹の羽紋の大身は、馬で毎朝登城するという。玄蔵は、仕事を補佐する良庵や開源、千代らと共に秘策を練るが――。忽ち重版の人気シリーズ「人撃ち稼業」待望の第二弾。興奮と感動必至のノンストップエンターテインメント時代小説。

今村翔吾の本

くらまし屋稼業

万次と喜八は、浅草界隈を牛耳《ぎゆうじ》っている香具師《やし》・丑蔵《うしぞう》の子分。親分の信頼も篤《あつ》いふたりが、理由《わけ》あって、やくざ稼業から足抜けをすべく、集金した銭を持って江戸から逃げることに。だが、丑蔵が放った刺客たちに追い詰められ、ふたりは高輪の大親分・禄兵衛の元に決死の思いで逃げ込んだ。禄兵衛は、銭さえ払えば必ず逃がしてくれる男を紹介すると言うが——涙あり、笑いあり、手に汗握るシーンあり、大きく深い感動ありのノンストップエンターテインメント時代小説、第１弾。

今村翔吾の本

春はまだか
くらまし屋稼業

日本橋「菖蒲屋《あやめや》」に奉公しているお春は、お店《たな》の土蔵にひとり閉じ込められていた。武州多摩にいる重篤の母に一目会いたいとお店を飛び出したのだが、飯田町で男たちに捕まり、連れ戻されたのだ。逃げている途中で風太という飛脚に出会い、追手に捕まる前に「田《た》安稲荷《やすいなり》」に、この紙を埋めれば必ず逃がしてくれる、と告げられるが……ニューヒーロー・くらまし屋が依頼人のために命をかける、疾風怒濤のエンターテインメント時代小説、連続刊行、第２弾！

今村翔吾の本

夏の戻り船
くらまし屋稼業

「皐月十五日に、船で陸奥に晦《くら》ましていただきたい」――かつて採薬使の役目に就いていた阿部将《しよう》翁《おう》は、幕府の監視下に置かれていた。しかし、己の余命が僅かだと悟っている彼には、最後にどうしても果たしたい遠い日の約束があった。平九郎に仕事を依頼した将翁だが、幕府の隠し薬園がある高尾山へ秘密裏に連れて行かれる。山に集結した薬園奉行、道中奉行、御庭番、謎の者……平九郎たち「くらまし屋」は、将翁の切なる想いを叶えられるのか!?　続々重版中の大人気時代エンターテインメント、堂々のシリーズ第3弾。